小說燈籠

太宰治 著

陳系美 譯

目次

譯序

他的軟弱，反而給我活下去的希望

讀太宰治時，我常常想一件事，他究竟是從哪裡來的？當然我指的不是他的故鄉，而是一位深諳「軟弱之美」的作家，他對軟弱的肯定，或者說當他自感零落，覺得自己是失敗者時，他想起的是誰？是誰給了他救贖？

是法國詩人魏倫。太宰如此說魏倫：

「他的軟弱，反而給我活下去的希望。」

譯到這句話時（語出〈漫談服裝〉），我霎時心跳加速，這不正是太宰本身的寫照嗎？我激動到宛如找到了太宰的原風景。我相信很多太宰的讀者，也是因為他的軟弱而得到救贖。那種感覺像是，有人為你軟弱了，所以你不用那麼軟弱，或是即便軟弱也無妨，就軟弱地活下去吧。

儘管這話聽在三島由紀夫耳裡，可能很不以為然，畢竟他曾毫不客氣地批評太宰，說他「把軟弱拿來當賣點」。還曾誇誇其言地說：「太宰個性上的缺陷，至少有一半，可以靠冷水擦身、機械體操或規律的生活治癒。靠生活就能解決的事，不該去勞煩藝術。」

但這種近似白天不懂夜的黑的言論，也在三島與好友村松剛的對談中，被村松剛反將了一軍。

三島　我最近聽到有人要去買家具就很想吐。

村松　家庭的幸福是文學的敵人。可你這樣不就跟太宰治一樣了嗎？

三島　對啊，我和太宰治一樣，是一樣的呀。

村松　太宰的苦惱，不是做體操就會好嗎？

向來主張強悍的三島頓時無言。

這本《小說燈籠》，算是太宰中期，也是安定期的小說選集。認為太宰等於《人間失格》、《維榮之妻》，或《斜陽》的朋友，請務必讀讀這本《小說燈籠》，你會發現太宰文學的本質，其實是明亮溫暖的，至少，他是個非常珍惜明亮與溫暖的人。

其中我最喜歡的，是與書名同名的〈小說燈籠〉。內容描寫入江家的五個兄弟姊妹，個個都喜歡愛情小說，閒來無事的家庭娛樂便是輪流寫「小說接龍」，有時連母親也會加入。這是多麼令人憧憬的文藝家庭，至少我個人非常嚮往。我非常贊成太宰說的：「或許那樣的生活方式才算正常，反倒我們一般家庭是奇怪的。」

五個兄弟姊妹在年假接力寫了一篇貌似以童話「長髮公主」為開頭的小說，因為兄弟姊妹的個性不同，承接轉折之際非常有趣。太宰甚至在裡面軋了一腳，扮演次男的朋友，說次男在元旦去他家玩，把日本近代小說貶得一文不值，可能是報應的關係，次男竟然感冒了，很難接力寫小說。最後還補了一刀說：「過分地說別人作品的壞話，就會這樣感冒發燒。」委實令人莞爾。

然而這樣愛好文藝創作的入江家，卻有個整天無所事事，極其浪漫的祖父，他還會在墨西哥銀幣上鑽孔，做成勳章，頒發給一週內對家裡最有貢獻的人，藉以討好家人。結果小說接力比賽結束後，祖父應該把勳章頒給寫得最好的人，他卻頒給了孩子們的母親。這是一種肯定日常、照顧日常的表徵。尤其值得注意的是，太宰寫這篇〈小說燈籠〉時正值二次大戰，整個民生陷入艱困之際，這枚獎章的頒予格外有意義。而「小說燈籠」這個篇名也有為戰時的黑暗點燃一盞燈的寓意。

說到戰時，我也是藉由這次翻譯《小說燈籠》才意識到，太宰治是戰時的作家。他在玉川上水投河身亡，也不過是戰爭結束後的第三年。可能是他大部分的作品都無視於戰爭，所以很難將「戰爭與太宰」聯想在一起吧。但這部《小說燈籠》收錄了好幾篇與戰爭有關的小說，例如〈十二月八日〉、〈戒酒之心〉、〈新郎〉、〈黃道吉日〉、〈作家手札〉、〈散華〉、〈東京來信〉等，都是在冷冽艱難的環境中，展現了他雋永的幽默與溫暖。

其中〈十二月八日〉是以他的妻子為主角寫的，描寫一位日本的貧困家庭主婦，如何堅毅地渡過戰時的一天。而「十二月八日」這天也不是隨便設定，剛好是珍珠港事件的第二天。故事的尾聲讓我非常感動，太宰說妻子「從那片『獨活田』進入杉林時，真是暗到伸手不見五指」。我想這裡出現「獨活田」是刻意安排的。熟悉中藥材的人大多知道，「獨活」指的是「土當歸」，然而在這裡取其字面的意思，也意味著太宰夫人在戰時必須努力獨自撐過去的狀態，畢竟太宰是個又病、又懶、又廢、又軟弱的人。

而且太宰還是連被徵召去前線作戰都沒資格的「丙種體位」。這樣的太宰在戰時能做什麼呢？〈散華〉裡那張太宰抄了三次的明信片，算是太宰的明志之文吧。那是一位年輕詩人士兵從前線寫給他的明信片：

請為偉大的文學而死。
我也即將赴死，
為了這場戰爭。

也或許因此，儘管這部《小說燈籠》收錄的十六篇小說，都是處於中日戰爭陷入泥淖，日本對英美全面開戰，逐漸走向戰敗之際的作品，但在太宰的創作生涯裡顯得很不同，呈現出一種宛如燈籠般的明亮與溫暖，也迎向了他更為豐饒的文學期。

然而譯完至今，不斷在我腦海裡迴盪的一句話是，太宰說：「我的善良是，毫不斟酌地讓對方看到我的全貌。」其實他是個很堅韌的人吧。

陳系美

輯一　喧嘩

生活安樂時，做絕望之詩；
失意受挫時，寫生之歡愉。

小說燈籠[1]

其一

八年前過世的那位知名西畫大師入江新之助，他的遺族每個都有點怪。也不能說他們另類，或許那樣的生活方式才算正常，反倒我們一般家庭是奇怪的。總之入江家的氣氛，和尋常人家有些不同。很久以前，我從入江家的氛圍得到靈感，寫了一篇短篇小說。我不是受歡迎的暢銷作家，因此我的作品無法立即刊登在雜誌上，

1「ろまん燈籠」原意為「浪漫燈籠」，但早期譯名「小說燈籠」已廣為人知，為避免誤解，本書沿用此譯名。

所以這篇短篇小說也一直收在抽屜裡。此外我還有三、四篇好酒沉甕底的壓箱之作，去年初春一起彙集成單行本出版了。雖是一本寒酸的作品集，但都是我頗為鍾愛的作品，因為這些作品是以一種帶著甜蜜、不含任何野心，而且非常開心的心情寫出來的。所謂「力作」總顯得些許僵硬刻意，連作者自己重讀都覺得討厭的作品，但輕鬆的小品文就沒有這種問題。然而一如往常，這本作品集也賣得不太好，但我沒有為此抱憾，反倒為銷路不佳感到欣喜，因為我雖然鍾愛這些作品，但也不認為這些作品的內容品質是最好的，禁不起冷峻嚴苛的鑑賞，亦即所謂的散漫之作。不過作者本身的鍾愛又是另一回事。我不時會悄悄地把這本甜蜜的作品集攤在桌上閱讀。而這本作品集中，最輕薄、也是我最鍾愛的作品，即是開頭提及，以入江新之助遺族為靈感的短篇小說。雖然是輕薄不成熟的小說，我卻莫名地難以忘懷。

入江家有五個兄弟姊妹，大家都喜歡愛情小說。

長男二十九歲，法學士。與人接觸時，有略顯高傲自大的毛病，但這是為了掩飾自己怯懦的兇惡假面，其實他是個軟弱且非常善良的人。他和弟妹一起去看電影時，儘管嘴巴嚷著這部電影很爛、愚蠢之至，但被電影裡武士的人情義理所撼，第一個流淚的也總是這位長兄。屢試不爽。走出電影院，便又立刻擺出一副驕傲忍怒的不悅神情，而且不發一語。他曾毫無躊躇地宣告，自己出生至今從未撒謊。雖然有待商榷，但他確實有剛直潔白的一面。學校成績不太好，畢業後沒出去工作，待在家裡守護一家人。他研究易卜生，最近重讀《玩偶之家》又有了重大發現。他發現那時娜拉戀愛了，愛上了藍克醫生。這令他相當興奮，因此把弟妹叫了過來，向他們闡述自己的心得。他大聲疾呼，努力說明，卻徒勞無功，因為弟妹們只是側首不解地笑了笑，絲毫不見興奮之色。其實弟妹們根本瞧不起這個長兄，壓根兒不把他當一回事。

長女，二十六歲，至今未嫁，在鐵路局上班。法文很好。身高五尺三寸，身材削瘦，被弟妹們戲稱為馬。頭髮剪得很短，戴著圓框眼鏡。她心胸開闊，能夠和任何人立刻成為朋友，全心全意地付出，然後被拋棄。這是她的興趣。因為她很喜歡悄悄地享受憂愁與寂寥。不過有一次，她愛上同一課的年輕男同事，一如過往也遭到遺棄，唯有這次令她萬分沮喪。在同一間辦公室見了面又很尷尬，於是她謊稱肺部不適，還睡了一星期。後來在脖子纏上紗布，拚命咳嗽，去看了醫生，照了X光，做精密檢查後，醫生誇她肺臟強健乃世上罕見。她真的很愛閱讀文學作品，讀的量也很驚人，而且類型囊括東洋西洋。因為讀的多，自己也偷偷寫了一點，藏在書櫃右邊的抽屜裡。這些堆放成疊的作品上方擺了一張紙，上面寫著「在我逝世兩年後發表」。但「兩年後」有時改成「十年後」或「兩個月後」，有時甚至改成「一百年後」。

次男，二十四歲，是個俗物。就讀於帝大醫學系，但很少去上學，因為身體羸弱，是個不折不扣的病人。他有一張俊美到令人驚豔的臉，生性吝嗇。當長兄被騙，以五十圓買下據說是法國散文家蒙田用過、但平平無奇的舊球拍，得意洋洋回家之際，他卻暗自憤怒過度而發了高燒。這場高燒，把他的腎臟燒出毛病。他對任何人都面露輕蔑。當別人發表意見時，他就發出猶如天狗般、極度不愉快的笑聲。他只崇拜歌德一人，但似乎不是佩服歌德的樸實詩風，而疑似是傾心於歌德的高階官位。不過，兄弟姊妹一起比賽即興作詩時，他總是拔得頭籌，真的不容小覷。雖說是俗物，但對所謂的熱情卻能客觀地掌握。要是他有心努力，或許能成為二流作家。譬如家裡的那個跛腳女傭阿里，就被他迷得神魂顛倒。

次女，二十一歲，是個自戀狂。某家報社徵選日本小姐時，她想毛遂自薦，很想大聲吶喊我要參選。經過三夜反覆煎熬地思考，發現自己的身高不夠，因此打消念頭。在兄弟姊妹裡，她長得特別矮小，只有四尺七寸，不過長得並不醜，算是漂亮。她常在深夜，裸身面對鏡子，露出可愛的微笑；以絲瓜露滌洗白皙豐腴的雙腿，並俯身親吻腳趾，陶醉地閉上雙眼。有一次鼻尖長出如針頭般的細小痘子，她甚至憂鬱地想自殺。她閱讀的書籍有固定的風格，常去二手書店找明治初期的《佳人奇遇》或《經國美談》之類的書，回家獨自一人徜徉在書海裡，不時竊竊低笑。她喜歡讀黑岩淚香或森田思軒等人的譯作，也不知從哪裡蒐集了很多不知名的同人雜誌，一邊認真地閱讀，一邊說「真好看，寫得太棒了」，從頭到尾一字不漏地拜讀。其實她私下最愛的是泉鏡花。

么弟，十八歲，今年剛進一高[2]，念的是理科甲組。進了高等學校後，他的態

2　一高是舊制第一高等學校的簡稱，現在是東京大學教養學部的一部分。

度驟變。看在兄姊眼裡，覺得很可笑。不過這個么弟卻一本正經，家裡任何瑣碎糾紛，他都要出面插手，又沒有人拜託他，他卻一副深思熟慮地妄下審判，搞得全家都吃不消，對這個么弟敬而遠之。么弟對此相當不滿。大姊不忍見他悶悶不樂，做了一首和歌給他，意思是獨自假裝成熟模樣，卻沒人把他視作成人，委實可憐。以這首和歌安慰了么弟懷才不遇的落寞。因為他長得像小熊般可愛，兄姊們過於溺愛，也使得他有些輕狂。他愛讀偵探小說，也常常獨自在房裡玩變裝遊戲。說要學習外文，買了柯南道爾的英日對照小說回來，卻只讀日文部分。他還自認兄弟姊妹裡，真正關心家裡的只有自己，暗自感到悲壯。

以上是這篇小說的開頭，然後用一些小事件展開劇情，形成整篇小說的結構。然而前面也提過，這原本就是一篇無聊的作品。說到我的鍾愛，比起作品本身，我更鍾愛作品中的家庭。我喜歡這個家庭，而這個家庭也確實存在，因此這篇小說是描寫已故入江新之助的遺族。然而內容未必如實敘述。說得誇張一點，我自己說來也有些驚慌，其實我是將詩與事實以外的東西，適度加以整理敘述。有些地方，甚至夾雜著肆意杜撰。但整體上算是描寫了入江家的情況。縱使有「一毛」的差異，但有「九牛」算是真實。在這篇小說裡，我原本只寫那五個兄弟姊妹與慈祥聰明的母親，關於祖父及祖母的事，基於作品結構之故，縱使百般失禮也只能割愛。這確實是不當的處置。既然寫的是入江家，卻排除了祖父母，再怎麼說都完整性不足。因此，現在我想談談這兩個人。在那之前，我必須聲明一件事，接下來我談的所有事情，並非入江家現在的樣貌，而是四年前我寫這篇小說時的入江家氛圍。現在的入江家已有些不同，有人結婚了，甚至有人過世了。與四年前相比，氣氛也顯得有些灰暗。現在我也無法像以前那樣，無拘無束地去入江家玩。因為那五個兄弟姊妹，還有我，大家都長大成人，變得彬彬有禮、疏離冷淡，也就是所謂「社會人士」的模樣，即使偶爾見了面也變得索然無趣。坦白說，我對現在的入江家不太感興趣。要寫的話，我想寫四年前的入江家。因此我所敘述的也是四年前入江家的樣貌。現在已稍微不同往昔。說完這點聲明，接著來談談四年前的祖父——他似乎整天無所事事都在玩。倘若入江家有非比尋常的浪漫血統，可能來自這位祖父。他已年過八旬，每天都好像有什麼事，從麴町的自家後門溜出去，動作十分敏捷。這位祖父於壯年時期，曾在橫濱經營規模頗大的貿易公司。他兒子新之助剛進美術學校時，他不僅絲毫不反對，反而向周遭的人誇耀。他就是如此氣度恢宏的豪傑。縱使退休後，他也在家裡待不住，總是趁家人不注意，一溜煙就從後門溜出去。快步走了兩、三百公尺，回頭確定家人沒有跟上來，便從懷裡掏出鴨舌帽戴在後腦勺，帽簷微微朝上。這是一頂帥氣的格紋獵帽，雖然很舊了，但不戴這頂帽子就沒有散步的感覺，因此他已經戴了四十年。戴上這頂帽子去銀座，走進資生堂餐廳，點一杯巧克力，便在那裡耗上一、兩個小時。東張西望，環顧四周，若看到以前商場上的朋友帶年輕藝妓來，他絕不放過，立刻大聲叫喚，硬要人家坐到他這桌來，然後氣定神閒地出言挖苦。這是他難以壓抑的樂趣。回家時，一定會為家人帶點小禮物。畢竟有些心虛。

最近，他又開始明顯地討好家人，發明了動章。他在墨西哥銀幣上鑽孔，然後用紅絲線穿過洞孔，做成一枚動章，將這個動章頒贈給一週內，對家裡最有貢獻的人。但家人都不太想要這個動章。因為得到這個動章後，接下來一星期，在家時一定要把動章掛在胸前，大家都覺得很為難。母親很孝順公公，因此獲贈這枚動章。

雖然母親拿到時也露出感激之意，卻也只掛在腰帶上，而且是挑最不起眼的地方。這枚勳章是祖父晚酌時，由於母親多給了他一瓶啤酒，不容分說地當場被迫收下。長子的個性拘謹正經，偶爾陪祖父去看戲被視為有功，便無意中獲得勳章，他也能彎不在乎，乖乖在胸前掛上一星期。長女和次男都對勳章避之唯恐不及。長女堅稱自己沒資格拿這個勳章，機巧地逃掉了。次男將勳章收進自己的抽屜裡，甚至謊稱遺失。祖父立即看出次男在說謊，命令次女去搜索次男的房間。次女運氣不佳，竟找到了勳章，接下來變成次女獲贈勳章。祖父特別偏愛這個次女，縱使她是全家最高傲自大，也沒有絲毫功勞，但祖父依然動不動就頒勳章給她。次女拿到勳章大多放在錢包裡，但祖父也不計較，只給次女這項特權，說不用掛在胸前也無所謂。全家大小只有么弟想得到這枚勳章。即便如此，當他把勳章掛在胸前時，也感到難為情、忐忑不安，但若勳章被取下來交給別人時，他又感到些許落寞。有一次他甚至趁次女不在，偷偷溜進她的房間找出錢包，眷戀地望著裡面的勳章。祖母從未獲頒這枚勳章，因為她打從一開始便斷然拒絕，是個非常乾脆俐落的人。她說這種東西太蠢了。

祖母極度疼愛么弟。有一陣子，么弟開始研究催眠術，拿家人當實驗對象，但無論對祖父、母親、兄姊們施展催眠術，大夥兒都了無睡意，每個人眼睛都睜得大大的，到頭只惹來一場哄堂大笑。么弟泫然欲泣，冷汗直流。最後對祖母施展催眠術時，竟然立刻奏效。祖母坐在椅子上打起盹來，慢慢地睡著了。催眠者以嚴肅的口氣問問題，她也天真地回答。

「奶奶，妳看得見花吧？」

「看得見，好漂亮哪。」

「那是什麼花呢？」

「是蓮花喲。」

「奶奶，妳最喜歡的是什麼呢？」

「是你呀。」

催眠者興奮了起來。

「妳指的是誰呢？」

「就是和夫呀（么弟的名字）。」

在一旁看的家人不由得啞然失笑，祖母也因此醒了過來。即便如此也算顧全了催眠者的顏面，因為至少祖母被成功催眠了。可是後來正經八百的長兄，私下憂心地問祖母：「奶奶，妳真的被催眠了嗎？」祖母先是哼笑一聲，然後低聲說：「怎麼可能。」

以上是入江家成員大致的素描。我想再介紹得詳細點，但現在我更想以連作的創作方式，將這家人的故事寫成一部相當長的「小說」。前面也提過，入江家的兄弟姊妹多少都有些文藝嗜好，他們有時也會聯手創作故事。尤其在陰霾的星期天，五個兄弟姊妹聚在客廳覺得無聊時，在長兄的提案下便開始玩聯手創作遊戲。首先由一個人隨性舉出登場人物，然後依序編造這些人物的命運與情節內容，就這樣創作出一篇故事。若是輕易就能結束的故事，當場便一個接一個「用說的」完成；但若開頭便耐人尋味的故事，大家就會慎重其事，輪流「寫」在稿紙上。如此五人合力創作的「小說」，至少也有四、五篇了。有時祖父、祖母、母親也會來幫忙。這次稍微偏長的作品，果然也有祖父、祖母、母親的參與。

其二

么弟明明沒什麼本事，但總愛搶第一個說故事，然後幾乎每次都失敗。但他並不絕望，總是幹勁十足認為這次一定會成功。年假連續五天假期，他們覺得有些無聊，又開始玩起故事接龍的遊戲。此時么弟也是打頭陣說：「讓我先來吧！」兄姊們已經習慣，因此也笑笑地讓給他。這是今年第一個故事，為了慎重起見，決定好好寫在稿紙上，依序傳下去。截稿是翌日早晨，每個人都有一天的時間可以仔細思考書寫。第五天晚上、或第六天早晨，要完成一篇故事。在這五天裡，五個兄弟姊妹都有些緊張，也感受到些許生存的意義。

么弟照例說要打頭陣，於是兄姊答應讓他寫故事的開頭，但其實他毫無腹案。或許是情緒陷入低潮，怎麼寫都寫不出來，後悔不該搶作先鋒。元月一日大過年，兄姊們都各自出門玩樂，祖父當然也一早就穿著燕尾服不知去向，唯有祖母和母親留在家裡。么弟待在自己的書房，一直在削鉛筆，搜腸刮肚，怎麼樣都寫不出來，急得都快哭了。最後窮途末路，竟心懷不軌想要剽竊。他認為除此之外別無他法。

帶著做壞事的緊張心情，快速瀏覽了安徒生童話集、格林童話、福爾摩斯的冒險故事，從這裡抄一點、那裡抄一點，終於拼湊出一個故事。

——很久以前，在北國的森林裡，住著一個恐怖的老女巫。她是個長相奇醜無比又心狠手辣的老太婆，唯獨對她的獨生女樂佩[3]溫柔體貼，每天都用金梳子為她梳理頭髮，疼愛有加。樂佩是個美麗又活潑的女孩。但十四歲起，她已不再對老女巫唯命是從，有時甚至反過來斥罵她。儘管如此，老女巫還是很疼愛樂佩，只是笑一笑，一副無可奈何的模樣。森林裡的樹木在秋風吹拂下，落葉飄零，枝幹漸禿，老女巫家也到了準備過冬之際，一個美好的「獵物」迷路走進了這座魔法森林。那是個騎馬的英俊王子，迷路走進了黃昏的森林裡。他是這個國家十六歲的王子，酷愛打獵，與隨從們走散了，認不得歸途。王子的黃金鎧甲，在微暗森林中散發出火炬般的光芒。老女巫當然看到了。她像一陣風飛出家裡，立刻將王子從馬背上拖下

3 取自格林童話的長髮公主。

來。

「這位少爺真是肥嫩啊。皮膚居然如此白皙。八成是吃核桃才長得這麼肥吧！」老女巫垂涎欲滴地說。她長著又長又硬的鬍鬚，眉毛也長到蓋住了上眼瞼。「簡直像一隻肥嫩的小羊啊。不曉得味道如何。用鹽把他醃漬起來過冬最好了！」正當她齜牙咧嘴笑著拔出短刀，對準王子白皙的喉嚨之際。

「啊！」老女巫忽然尖叫一聲。原來是女兒樂佩撲向她的背，使勁咬住她的耳朵不放。

「是樂佩啊，妳就饒了我吧。」老女巫疼愛女兒，所以一點也不生氣，硬是陪上笑臉討饒。樂佩搖著老女巫的背，鬧彆扭般撒嬌地說：

「我要他陪我玩啦。把這個漂亮的孩子給我。」

樂佩在嬌生慣養中長大，個性非常倔強，話一出口絕不讓步。於是老女巫心想，就延個一晚再殺王子來醃漬也不遲，現在先忍耐一下。

「好好好，就給妳吧。今晚我會盛宴款待妳的客人。但是到了明天，妳要把他還給我喔。」

樂佩點頭應允。這晚，王子在魔法之家備受禮遇，但卻嚇得魂不附體。晚餐的佳肴有串烤青蛙，塞滿幼兒小指頭的蝮蛇皮，用豹斑鵝膏[4]和鼴鼠的溼黏鼻子與青蟲的五臟做的沙拉。飲料則是沼澤女人用水綿藻釀的酒，還有墓穴裡舀出來的硝酸酒。飯後點心是生鏽的鐵釘和教堂窗戶的玻璃碎片。王子光看就噁心，每一道菜都不敢碰，但老女巫和樂佩卻吃得津津有味，頻頻讚嘆真好吃真好吃。因為每一道都是這個家的珍饌美食。吃完飯，樂佩牽起王子的手步入自己的房間。樂佩的身高和王子差不多。進入房間後，樂佩摟著王子的肩，端詳他的臉，悄聲地說：

「只要你不討厭我，我就不會讓別人殺死你。你是王子吧？」

樂佩的秀髮，多虧老女巫每天細心梳理，散發出黃金絲線般的璀璨光芒，髮絲柔長直達腳邊；臉蛋豐腴彷若天使，像一朵黃玫瑰；嘴唇則鮮紅有如小草莓；瞳眸漆黑清澄，漾著無名的悲傷。王子從未見過如此美麗的女孩，霎時驚為天人。

「是的。」王子低聲應道，心情鬆緩後不禁悲中從來，潸然淚下。

4 含有劇毒的蕈菇。

樂佩漆黑清澄的眼眸，凝視王子片刻後，輕輕點頭說：

「就算你討厭我了，我也不會讓別人殺死你。到時候，我會親自殺了你。」說完自己也哭了起來，但隨後又忽然放聲大笑，以手背拭去淚水，也為王子拭淚，然後精神奕奕地說：「今晚你和我一起，到我的小動物房間睡覺吧。」語畢，便帶著王子到隔壁寢室。那裡鋪著稻草與毛毯。抬頭一看，上百隻鴿子停在屋樑或棲木上。大夥兒似乎都睡了，但兩人一走近，鴿群稍微動了一下。

「這些全部都是我的喲。」樂佩說完，立即抓住旁邊一隻鴿子，掐著鴿子的腳甩來甩去。鴿子驚慌失措，猛振翅膀。「給我吻他！」樂佩尖聲大吼，將鴿子甩上王子的臉。

「那邊的烏鴉，是森林裡的流氓喔。」說著，她以下顎指向房間一隅的大竹籠，「一共有十隻，因為是流氓，一定要關在竹籠裡，不然牠們會立刻飛走。還有，這邊這個是我的老朋友，貝貝。」樂佩說著，抓起一頭鹿的角，硬是把牠從房間角落拉出來。這頭鹿的脖子套著銅環，還以粗重的鐵鍊綁著。「這傢伙也要確實地用鐵鍊綁著，不然也會逃離這裡。為什麼大家都不願意待在這裡呢？唉，算了。我每天晚上都用刀子，幫貝貝的脖子搔癢喔。可是牠總是很害怕，還會掙扎呢。」樂佩說著，從牆壁裂縫取出一把閃亮亮的長刀，輕輕在鹿的脖子來回搔刮。真可憐，鹿扭著身子一副很痛苦的模樣，冷汗直冒。樂佩看了縱聲大笑。

「妳睡覺的時候，也把這把刀子放在身邊嗎？」王子有些害怕，悄聲問。

「對啊，我都抱著刀子睡覺喔。」樂佩泰然自若地答道：「以防萬一嘛。不談這個了，快點睡覺吧。我倒是很想知道，你怎麼會迷路走進這座森林裡？說給我聽吧。」兩人並排躺在稻草上，王子支支吾吾地談起誤入魔法森林的事。

「你和那些隨從分開，會不會寂寞？」

「很寂寞。」

「那你想回城堡嗎？」

「想啊，我很想回去。」

「我討厭這種哭喪著臉的孩子！」樂佩說著霍然起身，「你應該高興才對吧。這裡有兩片麵包和一塊火腿，路上餓了就吃吧。你還在磨蹭什麼呢。」

王子聽了開心跳起來。樂佩宛若母親沉著地說：

「啊，穿上這雙毛長靴吧，送給你。路上很冷，我不希望你受凍。還有這是我老媽的露指大手套，來，你戴戴看。哎呀！光看手的話，簡直跟我那髒兮兮的老媽沒兩樣。」

王子流下感激之淚。樂佩接著把鹿拉出來，解開鎖鏈。

「貝貝，可以的話，我很想用刀子幫你搔更多癢喲。因為真的很好玩。不過算了，現在這些都無所謂了，我要放你走。你帶這個孩子回城堡去。這孩子說他想回去。所以你們就走吧。只有你能跑得比我老媽快了，拜託了！」

王子騎上鹿背。

「謝謝妳，樂佩。我不會忘記妳。」

「這種事無所謂。貝貝，走吧，快跑！把背上的客人摔下來，我可不饒你喔。」

「再見。」

「好，再見。」哭出來的是樂佩。

鹿在黑暗裡飛奔如箭。越過草叢，穿過森林，一直線渡過湖水，頭也不回飛奔在狼嚎鳥啼的荒野上，這時傳來煙火燃燒般的急馳聲。

「不可以回頭。老女巫追來了。」鹿邊跑邊對王子說：「放心吧。只有流星跑得比我快。不過，你可不能忘記樂佩的好心喔。她個性好強，卻是個寂寞的孩子。好，已經抵達城堡了。」

王子帶著恍若夢境的心情，站在城堡的大門前。

可憐的樂佩。老女巫這次真的火冒三丈。因為樂佩竟放走了寶貝獵物。任性也該有個限度。因此她把樂佩關在森林深處的漆黑塔裡。這個塔沒有門也沒有樓梯，只有塔頂的房間有一扇小窗。樂佩就這樣日夜生活在這個塔頂房間裡。可憐的樂佩。一年過去，兩年過去，昏暗的房間裡，無人知曉樂佩變得愈來愈美了，出落得有如沉魚落雁，變成思慮成熟的女孩。她對王子的事，片刻不曾忘懷。因為太寂寞了，她也會對著星星月亮唱歌。歌聲如泣如訴，滿懷憂傷，連森林裡的樹木鳥兒聽了都傷心落淚，月亮也蒙上淡淡的哀愁。老女巫每個月會來探視一次，留下食物和衣服。畢竟她還是疼愛樂佩，不忍讓樂佩餓死在塔裡。老女巫有魔法翅膀，可以自由進出塔頂的房間。三年過去，四年過去，樂佩也十八歲了。在昏暗的房間裡，她不知道自己美得燦爛奪目，也沒察覺到自己散發出迷人的馨香。這年秋天，王子外出狩獵，又迷失在魔法森林裡，忽然聽到悲戚的歌聲。由於歌聲扣人心弦，王子的魂魄都被奪走了，不知不覺走到了塔下。那不是樂佩嗎？王子絕對沒有忘記四年前的美麗女孩。

「讓我看看妳的臉！」王子用力大喊：「別唱悲傷的歌了！」

樂佩從塔上小窗探出頭來回答：「說這話的人是誰？悲傷的人，唯有悲傷的歌是救贖。不懂別人的悲傷在那邊亂說什麼。」

「啊，是樂佩！」王子欣喜若狂：「請妳想起我！」

樂佩霎時臉色蒼白，隨之又滿臉通紅。但依然還有些許幼時好強的個性，因此她盡可能以冷漠的語氣回答：

「樂佩？她四年前就死了！」

說完縱聲大笑，但吸了一口氣後又很想哭，激烈的嗚咽取代了笑聲。

那女孩的秀髮是黃金橋。

那女孩的秀髮是彩虹橋。

森林裡的鳥兒齊聲歡唱奇妙的歌。縱使樂佩在哭泣也聽見了這首歌，霎時腦海浮現美妙的靈感。樂佩將自己美麗的長髮，在左手繞了兩、三圈，右手拿起剪刀。如今樂佩的美麗金髮，已經長到地板。她卻毫不吝惜地「喀擦、喀擦」剪下長髮，將它編成一條長長的髮繩。這是太陽底下最美的繩子。她將髮繩的一端牢固地綁在窗台，自己則沿著這條美麗的金色髮繩下到地面。

「樂佩……」王子低聲呢喃，陶醉地看得入神。

樂佩雙腳著地後，忽然變得怯生生地不發一語，只是輕輕將自己白皙的手，放在王子手上。

「樂佩，這次輪到我來救妳了。不，請讓我終生當妳的護花使者。」

王子已然二十歲，看起來非常可靠。樂佩嫣然一笑，默默點頭。

兩人趁老女巫尚未發覺之際，迅速逃離森林，急如星火橫越荒野，終於平安抵達城堡。城堡上下歡欣鼓舞迎接他們。

么弟煞費苦心地東拼西湊，好不容易寫到這裡，卻很不高興。因為他失敗了。這樣根本不是故事的開頭，連結尾都寫完了，顯然又要被兄姊嘲笑了。么弟暗自苦思，為此大傷腦筋。然而天色已暗，外出遊玩的兄姊似乎也回來了，客廳裡傳來眾人的歡笑聲。「我是孤獨的。」難以言喻的寂寥襲上么弟心頭。此時，救星出現了，是祖母。祖母覺得這個整天關在書房的么弟很可憐。

「又開始啦。寫得順利嗎？」祖母來到么弟的書房說。

「走開啦！」么弟不耐煩地趕人。

「又挫敗了啊？你明明就不太會寫，不該參加這種愚蠢的比賽。看吧，結果搞得這種下場。」

「我哪知道啊！」

「哎喲，哭什麼嘛，真是傻孩子。給我看看。」祖母從腰間取出老花眼鏡，小聲地讀起么弟寫的童話。讀著讀著，呵呵笑了起來。

「哎呀，你這孩子真早熟，居然知道這麼多事情。有意思。你寫得很好呀。不過，這樣就接不下去了吧。」

「就是啊。」

「你很傷腦筋吧？換做我的話，我會這麼寫：『城堡上下歡欣鼓舞迎接他們。不過，接下來又發生一連串的不幸。』怎麼樣？畢竟女巫的女兒和王子的身分太過懸殊。不管他們如何相愛，終究不會有好結局。這門親事本來就不會幸福。你覺得如何？」祖母說完還用食指戳戳么弟的肩。

「這點小事我也知道啦！妳走開啦！我有我的想法。」

「哦，這樣啊。」祖母說得氣定神閒，她對么弟的想法瞭若指掌。「那你就趕快把後面寫一寫，寫完到客廳來。你餓了吧？快來吃年糕湯，然後玩紙牌不是很好嗎。這種比賽無聊透了。剩下交給你大姊寫就好了，她很會寫這個。」

把祖母趕出去後，么弟慎重其事地補上所謂「自己的想法」。

「不過，接下來又發生一連串的不幸。女巫的女兒和一國的王子，身分太過懸殊。接下來會發生不幸。後續就拜託大姊了，請善待樂佩。」

么弟照祖母說的寫下這一段，總算鬆了一口氣。

其三

今天是第二天。全家一起吃完年糕湯，長女立即回到自己的書房。今天她穿著純白羊毛衣，胸前別了一朵小小的黃色人造玫瑰，以輕鬆的姿勢坐在書桌前，然後摘下眼鏡，笑咪咪地用手帕擦拭鏡片。擦完之後又戴上眼鏡，極為誇張地眨眨眼睛，表情忽然變得一本正經，然後調整坐姿，手托香腮沉思了起來。不久，她拿起鋼筆開始寫。

——真正的故事，總是始於戀愛舞會結束後。當有情人終成眷屬時，一般電影就會出現「The End」的字幕，但我們總是很想知道，接下來兩人過著什麼樣的生活。人生絕非一連串興奮的舞會，大多生活在無趣掃興的宿命裡。我們的王子和樂佩，只在小時候見過一面，便感到難分難捨，卻又立即分開了，彼此都不曾忘記相處的時光，接著好不容易才以成人之姿再度重逢，但這個故事絕不會就此結束。反倒是往後的生活，才是必須交代的事。王子和樂佩手牽手逃離魔法森林，一路上不吃不喝，始終默默無言，日以繼夜在遼闊荒野奔逃，終於抵達城堡。但是，接下來才更辛苦。

王子和樂佩都已精疲力盡，可是連喘口氣的時間也沒有，國王、王后、還有臣子們見王子平安歸來欣喜萬分，立即紛紛詢問這次冒險的事，也終於明白低頭站在王子背後的絕色美女，就是四年前拯救王子的恩人，因此城堡裡更是歡天喜地。他們讓樂佩洗了香水澡，換上輕盈美麗的衣服，然後讓她睡在一張幾乎全身都會陷進去的厚軟床上。樂佩幾乎連鼻息聲都沒有，睡得香沉。睡了很久很久，終於像熟透的無花果自然離枝落地般醒來，睜開飽眠的雙眼一看，只見已然恢復元氣的王子一身盛裝站在枕邊，對她微笑。樂佩霎時感到難為情。

「我要回家。我的衣服在哪裡？」她稍微起身說。

「妳好傻哦。」王子氣定神閒地說：「衣服不是穿在妳身上嗎？」

「不是這個，我要我在塔裡穿的衣服。把衣服還給我。那是我母親蒐集上好布料幫我縫製的衣服喲。」

「妳真傻呀。」王子再度氣定神閒地說：「妳已經開始想家了啊？」

樂佩不由得用力點頭，忽然一陣心酸，放聲哭泣。她並非因為離開母親，來到這個陌生城堡而感到寂寞。這件事她早有心理準備，更何況母親也不是什麼好母親，況且就算是好母親，女孩子一旦有了心愛的人，縱使要離開所有的親人也在所不惜，根本不會寂寞。樂佩之所以哭泣，並非寂寞想家，想必是因為丟臉又懊惱吧。拼命逃到這座城堡來，穿上如此高貴的華服，睡在如此柔軟的錦褥裡，沉睡到不省人事，醒來之後冷靜一想才發現，我不配這種身分，我是卑賤女巫的女兒。當她清楚明白了這件事，覺得很不堪，不僅羞愧交集，甚至感到嚴重的屈辱，才會唐突地說要回去吧。看來樂佩依然保有兒時好勝的倔強脾氣。然而，養尊處優的王子無法理解這種事，看到樂佩忽然哭泣深感困惑，卻也只能擅下判斷。

「妳可能還很累，肚子也餓了吧，總之我先叫人準備吃的。」王子低聲說罷，便慌張地走出房間。

不久，來了五位侍女，再度服侍樂佩洗香水澡，為她穿上比先前更重的鮮紅禮服，臉和手都施上淡妝，並極為熟練地為她梳理稍微偏短的金髮，最後緩緩地為她戴上珍珠項鍊。當整裝完畢，樂佩站起來時，五位侍女同時發出驚豔的嘆息。從未見過如此高貴美麗的公主，想必今後也不會再有第二人了吧。

樂佩被帶到餐廳。國王、王后和王子，三個人都神情愉悅地站在那裡。

「哦，真美啊。」國王張開雙臂迎接樂佩。

「真的好美。」王后也滿意地頷首。國王與王后都是慈祥和藹、毫不傲慢，而且非常溫柔的人。

樂佩稍顯落寞地微笑致意。

「過來坐，坐在這裡。」王子立即執起樂佩的手，領她坐下，自己也坐在樂佩旁邊，表情得意得可笑。

國王和王后也輕笑入座。不久，溫馨的用餐時間開始，唯獨樂佩一人不知所措。看著一道道端上來的佳肴，不知道怎麼吃才好，完全沒有頭緒，只能頻頻偷看身旁的王子，悄悄模仿他的手勢。但即便將食物送進嘴裡，也只覺得怪異噁心，畢竟樂佩只吃過老女巫做的青蟲五臟沙拉和紅燒蛆蟲之類的菜。對樂佩來說，這一桌頂級的山珍海味，唯有雞蛋料理覺得好吃，但仍比不上森林裡的烏鴉蛋美味。

用餐時，話題很豐富。王子談起四年前的恐怖經驗，也驕傲於這次的冒險。國王一句句都聽得很感動，每當他深深點頭就會舉杯喝酒，最後酩酊大醉，王后只好扶他去別的房間休息。剩下王子和樂佩兩人之後，樂佩低聲說：

「我想去外面透透氣，總覺得胸口很悶。」樂佩臉色蒼白。

王子因為太高興了，因此疏忽樂佩的痛苦。人在幸福之際，通常不會留意到別人的苦楚。他看到樂佩臉色蒼白，竟也毫不擔心。

「妳吃太多了啦，去院子走走，馬上就會好起來的。」說得相當輕鬆，起身走向外面。

外面天氣很好。秋天已到中旬，但這個庭院依然繁花似錦，姹紫嫣紅。樂佩看到眼前美景終於展露笑容。

「現在舒爽多了。因為城堡裡很暗，我還以為是晚上呢。」

「怎麼會是晚上。妳從昨天白天一直睡今天早上，睡得很熟呢。連鼻息聲都沒有，睡得很沉，我還擔心妳是不是死掉了。」

「要是森林的女孩在那時候死了，醒來之後變成優雅的公主該有多好。可是我醒來以後，依然是女巫的女兒。」樂佩這話是真心感到遺憾，但王子以為是樂佩在開玩笑，不禁放聲大笑。

「這樣啊，原來是這樣啊，這還真可憐啊。」說完又大笑。

不知道是什麼花，散發著強烈香氣的小白花，從荊棘堆裡綻放出來，王子見狀忽然停下腳步，眼神變得十分正經，然後用力將樂佩擁進懷裡，力道之強都快把樂佩一身骨頭壓碎了，接著又做出瘋子般的意外舉動。樂佩拼命忍耐。這不是第一次，從森林裡逃到荒野，日夜不眠不休趕路時，也發生過三次這種事。

「妳不會離開我吧？」王子稍微冷靜後，與樂佩開始並肩漫步時，低聲地問。兩人離開白花綻放的荊棘處，步向水蓮盛開的小沼澤。樂佩不知為何忽然噗嗤一笑。

「妳在笑什麼？」王子凝視樂佩的臉問：「有什麼好笑的？」

「對不起。我看你一本正經的樣子，不由得笑了出來。事到如今，我能去哪裡呢？我在那座塔裡，等了你四年喔。」來到沼澤邊，這回樂佩卻很想哭，癱軟地坐在岸邊的青草上，抬頭望著王子說：「國王和王后都答應了嗎？」

「當然答應了。」王子再度恢復以前無拘無束的笑容，在樂佩旁邊坐下：「妳是我的救命恩人呀。」

樂佩將臉伏在王子膝上啜泣。

幾天後，城堡舉行了豪華婚禮。這晚的新娘，彷如失去羽翼的天使般令人愛憐。王子對這朵養育失當的野玫瑰格外珍惜。兩人生活了一、兩個月後，王子對樂佩古怪的思考、近乎暴行的活潑舉止、毫不畏懼的勇氣與幼兒般無知的提問，感到無比魅力，愛她愛到難以自拔。寒冬過去，日子也一天天暖和起來，庭院裡花期較早的花朵，也到了即將綻放的時候，兩人緩緩地並肩漫步在院子裡，此時樂佩已身懷六甲。

「真奇妙。真的很不可思議。」

「看來妳又有疑問了啊。」王子也已二十一歲，稍微成熟了點。「我倒是很想聽聽看，這回又有什麼疑問。上次妳問神明在哪裡，真是了不起的問題哪。」

樂佩低頭竊笑，然後說：

「我是女人吧？」

這個問題令王子不知如何回答，只好裝模作樣說：

「至少不是男人。」

「我果然也會生小孩，然後變成老太婆吧？」

「會變成美麗的老太婆。」

「我才不要呢。」樂佩淺淺一笑，笑得十分落寞。「我不要生小孩。」

「這又是為什麼呢？」王子以從容不迫的語氣問。

「我昨晚也想到徹夜難眠。生了小孩，我會馬上變成老太婆，而且你一定只會疼愛小孩，嫌我煩吧。沒有人會疼愛我。我清楚得很。因為我是出身卑賤的笨女人，一旦變成醜老太婆就一無可取了。到時候我也只能回去森林當女巫，別無他法。」

王子聽了面露慍色。

「妳還忘不了那個令人厭惡的森林嗎？想一想妳現在的身分。」

「對不起。我明明忘得一乾二淨，可是像昨晚那種寂寞的夜晚，忽然間又想起來了。我媽媽是個可怕的女巫，但是，她是真的把我當成心肝寶貝扶養長大。就算沒人疼愛我，唯獨我那森林中的母親，一定會把我當小寶貝一樣抱我。」

「有我在妳身邊不是嗎？」王子極其不快地說。

「不，你是不行的。雖然你一直很疼愛我，但你只是覺得我很稀奇，老是訕笑我，我常常覺得很寂寞。不久生了小孩之後，你就會覺得小孩更稀奇，把我給忘了。因為我是個無趣的女人。」

「妳不知道妳有多美。」王子極其不滿地噘嘴嘀咕：「淨說一些無聊的事。今天問的問題太無聊了。」

「你什麼都不懂。我最近非常痛苦。我果然是流著女巫卑劣血液的野蠻女。我痛恨這個即將出生的孩子，恨不得殺了他。」樂佩語氣顫抖地說，緊咬下唇。

怯懦的王子嚇得渾身打顫，心想她或許真的會殺死小孩。不懂得死心，依照本能行動的女人，往往會造成悲劇。

長女一臉自信，下筆如飛，寫到這裡靜靜地擱筆。重讀時，時而臉頰泛紅，時而歪嘴苦笑，因為有些地方寫得稍顯色情。嘴巴很壞的次男看了一定會冷笑吧。但這也沒辦法，只好就這樣了。這可能是此刻心境的如實流露吧。雖然感到些許悲傷，但在兄弟姊妹裡，能如此描寫女人幽微心思的，自己算是最厲害的，因此也感到些許驕傲。忽然覺得有點冷，這才發現書房裡沒開暖爐，低吟了一聲「好冷哦」，縮著肩膀站起來，拿著寫好的稿子走到走廊時，差點撞到一副意味深長站在那裡的么弟。

「抱歉，抱歉。」么弟狼狽地驚慌道歉。

「阿和，你來偵查啊？」

「呃，不是，不是這樣。」么弟滿臉通紅，說得支支吾吾。

「我知道喔，你是擔心我能不能順利接下去吧？」

「不瞞大姊，確實如此。」么弟乾脆低聲招認，然後自嘲了起來：「我寫得很爛吧。反正我本來就不會寫。」

「不見得喔，這次就寫得很棒。」

「真的嗎？」么弟的小眼睛閃著喜悅光輝。「大姊，妳有好好接下去吧？妳有把樂佩寫得好一點嗎？」

「有啊，算是還好吧。」

「感激不盡！」么弟向長姊合掌道謝。

其四

第三天。

元旦那天，次男來我位於郊外的家玩，把日本近代小說貶得一文不值，兀自興奮得要命，到了夜幕低垂時，忽然喃喃地說：「這下糟了，好像發燒了。」連忙趕回家。果不其然，那晚他開始發燒。昨天又睡睡醒醒，到了今早依然沒有復原，頭還有些昏昏沉沉，鬱悶地躺在被窩裡。

過分地說別人作品的壞話，就會這樣感冒發燒。

「怎麼樣？有沒有好一點？」母親說著走進房間，坐在枕邊，輕輕地將手按在病人額頭：「好像還有一點燒哪。你要好好保重啊。昨天吃了年糕湯，又喝了新年的屠蘇酒，還三不五時就起床，不好好休息。這樣勉強是不行的，發燒的時候躺著睡覺最好。你的身子本來就弱，千萬逞強不得啊。」

被母親念了一頓，次男意氣消沉，無可反駁，只能微微苦笑聽訓。次男是兄弟姊妹裡最冷靜的現實主義者，因此也是相當辛辣的毒舌家，唯獨對母親順從得有如蔓草，絲毫不敢使性子。可能是長年體弱多病，給母親帶來很多麻煩，感到內疚虧欠吧。

「今天一天，你就好好睡覺。不可以隨便起來走動喔。飯也在這裡吃，我已經幫你熬了粥。等一下阿里會端來。」

「媽，我想求妳一件事。」次男語氣微弱地說：「今天輪到我了，我可以寫嗎？」

「你說什麼？」母親一頭霧水。「寫什麼呀？」

「就是那個小說接龍又開始了。昨天我因為太無聊了，請大姊讓我看她寫的稿子。看了之後，我整晚都在想要怎麼接下去。這次真的有點難。」

「不行，絕對不行。」母親笑說：「文豪感冒的時候也不會浮現好靈感。請大哥幫你寫怎麼樣？」

「不行啦，大哥不行啦。大哥根本沒有才華。大哥寫的東西，每次都變得像在演講。」

「不可以說這種壞話。大哥寫的東西，總是很有男子氣概，很了不起呀。我向來最喜歡大哥寫的東西。」

「妳不懂啦。媽，妳不懂。不管怎樣，這次我非寫不可。那個後續，一定要由我來寫才行。媽，求求妳，讓我寫吧？」

「媽媽不答應。你今天一定要好好睡覺。先請你大哥代勞。等你明天或後天身體確定完全康復了，到時候再寫也行呀。」

「不行啦，媽，妳太瞧不起我們的遊戲了。」次男誇張地嘆了口氣，抓起棉被蒙住了頭。

「好吧。」母親笑了。「是媽媽不好。不然這樣吧，你躺在床上慢慢說，我把你說的寫下來。就這麼辦吧。去年春天，你發燒躺在床上時，要寫一篇很難的學校論文，媽媽也是照你說的寫下來不是嗎？那時候我寫得不錯吧。」

病人依然蒙著棉被，沒有回答。母親束手無策。這時女傭阿里端了早餐進來。阿里從十三歲起，就在入江家工作。她生於沼津附近的漁村，來這裡也快四年，已經完全被入江家的浪漫風氣同化。她會向小姐們借婦女雜誌，趁著工作空檔閱讀。最喜歡看古代的復仇故事，總是看得興奮不已。非常推崇「女人貞操第一」這句話。一個人的時候也會暗自緊張，心想拼了命也要守住貞操。她的柳條箱裡，藏著長女送她的銀製拆信刀。她視此為懷劍。她的膚色淺黑，但臉蛋小巧緊緻，裝束打扮也非常乾淨整潔。左腳有點跛，走路時略顯拖行的模樣，反而令人心生愛憐。她把入江家一家人，當作神明般尊敬。祖父的銀幣勳章，看在她眼裡猶如稀世珍寶般眩目；深信長女是世上最厲害的學者，次女是世上最漂亮的美女。然而她特別傾心的是體弱多病的次男，為他神魂顛倒。幻想著若能陪在那麼俊美的主人身邊，一起去復仇的話，不知道會有多快樂。可惜現在已經沒有以前那種復仇之旅，令她覺得無聊透了。她總是在想這些蠢事。

此刻，阿里畢恭畢敬地將飯菜擺在次男的枕邊，感到些許落寞。因為次男依然蒙在棉被裡，而母親只是靜靜在一旁笑看，沒人理會阿里。她默默在那裡坐了一會兒，但次男依然毫無動靜，於是她怯怯地問夫人。

「是不是病得很嚴重？」

「我也不知道。」母親笑說。

驀地，次男推開棉被，轉身趴在床上，一把拉過飯菜，抓起筷子，埋頭吃了起來。阿里頓時嚇到了，但隨即冷靜下來，伺候次男用餐。次男不發一語，氣勢猛烈地喝粥，忿忿地大口吃醃梅，食欲顯得十分旺盛。

「阿里，妳覺得如何？」他剝著半熟蛋，忽然說：「比方說，我和妳結婚的話，妳會怎麼樣？」這個問題來得太突然。

比起阿里，母親更是十倍驚慌。

「天啊！你在說什麼蠢話！就算開玩笑也不能說這種話。阿里，他是在逗妳的。實在太亂來了，開玩笑也不能說這種話！」

「我只是在打比方啦。」次男顯得很鎮定。他從剛才一直在想小說的情節，完全沒留意到這個假設深深刺傷了阿里的心。真是任性的孩子。

「阿里，妳會怎麼樣？說給我聽聽，我想拿來當小說的參考。因為這一段實在太難寫了。」

「你突然說出這種嚇死人的話，」母親暗自鬆了一口氣：「阿里也不懂呀。對不對，阿里。阿猛（次男的名字）老是說一些莫名其妙的話。」

「如果是我的話……」只要能幫上次男的忙，阿里什麼都肯說。她無視夫人為難地向她使眼色，反倒認為這是緊要關頭，握緊拳頭回答：「如果是我的話，會去死。」

「什麼嘛。」次男一臉失望。「真無聊。死了多無趣啊。要是樂佩死了，故事也結束了。不行啦。啊，好難哦。到底要怎麼安排才好？」他還是一股腦兒只想著小說情節。阿里拼命回答，但似乎完全幫不上忙。

阿里十分沮喪，悄悄地收拾碗筷，為了掩飾窘態，故意呵呵地笑著，端著托盤逃離房間。走在走廊時，想說哭一哭吧，可是又不覺悲傷，反倒由衷笑了起來。母親不禁暗自感謝年輕人的天真坦率，對於自己的倉皇狼狽感到丟臉，心想應該可以信任他們。

「怎麼樣？情節想好了嗎？你就躺著說，媽媽幫你寫。」

次男再度仰躺於床，將棉被拉到胸前，閉上眼睛，一副陷入苦思的模樣。不久，以極度裝模作樣的嚴肅語氣說：

「我想好了。那就麻煩您了。」

母親不禁噗嗤一笑。

以下就是那天母子合作的口述筆記全文。

——宛如玉般的孩子誕生了，是個男孩。城堡裡歡欣鼓舞。不過產後的樂佩卻日漸衰弱，尋遍全國名醫都束手無策，只見她身體愈來愈弱，命在旦夕。

「所以說，所以說，」樂佩躺在床上靜靜地流淚，對王子說：「所以我不是跟你說過了，我不要生小孩。我畢竟是女巫的女兒，所以能稍微預感自己的命運。我一直覺得如果我生了小孩，一定會發生不幸。我的預感向來很準。要是我現在死了就能解除災厄，那倒還好，但我總覺得那不是我死就能解決的可怕災禍。如果就像你說的，真有神明存在，我也想向那個神明祈禱。一定有人在怨恨我們。是不是我們做錯了什麼嚴重的事呢？」

「沒有這回事。沒有這回事。」王子在病床邊來回踱步，一味地否定，但內心卻忐忑惶恐。喜獲麟兒的喜悅太短暫，立刻要面對樂佩不明原因地衰弱，使得他心神不寧，寢食難安，只能徘徊在樂佩的病床邊不知所措。王子果然還是由衷愛著樂佩。王子是愛上樂佩的容貌與體態之美，以及那宛若異域奇葩花朵的珍奇，此外，也被她惹人愛憐的盲目無知所吸引，因而深深為她著迷。王子的愛雖然並非由精神高度共鳴與信賴所產生的愛情，也不是因為感受到彼此擁有共同祖先的血脈關係，為相同宿命而殉情的深刻覺悟與理解下所締結的愛情，儘管如此，也不能因此就懷疑王子的愛情本質。王子是真心認為樂佩很可愛，愛她愛到難以自拔。只是單純地愛她而已。這樣不就夠了嗎？

所謂純粹的愛情就是如此。女人在心裡默默追求的，也是這種專一真誠的愛吧。若彼此討厭的話，縱使有什麼精神高度的信賴，或為相同宿命殉情的想法，也無濟於事，總是要有喜歡的地方，這些「精神」、「宿命」之類裝模作樣的話語，聽起來才真有那麼回事。這種話語，只是為了用來整理彼此愛意的氾濫，或用以反省、辯解熱情罷了。但在年輕人的愛情裡，沒有比這種辯解更令人作噁。尤其是「為了拯救女人」之類的男人的偽善，更令人難以忍受。喜歡就說喜歡，為什麼不能坦白說呢？

前天，我去D作家的家裡玩也說出這番話，D作家竟說我是個俗物。可是D作家自己，以我近身觀察他的日常生活來看，也只不過是以自己的好惡為基準，過著老奸巨猾的生活罷了。他根本在說謊。我是不是俗物無所謂，但我喜歡實話實說。

人最好是做自己喜歡的事。話題扯遠了。我只是無法想像那種精神啦理解啦的愛情而已。王子是真心愛著樂佩。

「不可以說會死這種傻話。」王子極度不滿地噘嘴說：「妳知道我有多愛妳嗎？」王子是個正直的人。不過，光靠正直這種美德，無法醫治樂佩的重病。

「妳要活下去……」王子呻吟。「妳千萬不能死啊！」王子吶喊。除此之外，王子不知該說什麼。

「妳只要活著，只要活著就好。」

當他低聲呢喃，耳畔傳來沙啞聲：

「真的嗎？只要活著就好？」

王子愕然回頭一看，宛如全身被潑了冷水，嚇得毛髮直豎。一個老太婆，就是那個老女巫，悄悄站在王子背後。

「妳來幹什麼！」王子不禁大吼。但不是因為勇敢，而是太害怕了。

「我來救我女兒呀。」老女巫神色自若地回答，然後微微一笑：「我可是早就知道了。這世上沒有我不知道的事。我全都知道喲。你把我女兒帶來這座城堡，百般呵護她，我也知道喲。如果你只是一時玩弄她，我可不會默不吭聲，看來似乎不是，我才忍耐到今天。女兒能過著幸福快樂的日子，我也是會有點高興的。不過看來好像不行了。你可能不知道，出生在女巫家的女兒，若是受到男人寵愛而生下小孩，不是會死，就是會變成世上最醜的女人，只有這兩種下場。樂佩好像不太清楚這件事，但憑直覺應該明白了，所以才會那麼排斥生小孩吧。變成這樣真可憐啊。你究竟打算怎麼處理樂佩？眼睜睜看著她死掉？還是變得像我一樣醜，也要讓她活下去？你剛才喃喃地說，無論發生什麼事，只要她活下去就好吧。我年輕的時候，也是個絕對不輸樂佩的美麗女孩喲，後來受到旅行獵人的寵愛，生下了樂佩。那時我母親問我，要死？還是活下去？我無論如何都想活下去，所以求母親讓我活命，於是母親施咒救了我。但也因為這樣，我的臉就變成你所看到的這麼『美』了。怎麼樣？你剛才說的願望，毫無虛假嗎？」

「讓我死吧。」樂佩在病床上，痛苦地微微扭動身體：「只要我死了，大家都可以平安過日子。王子，樂佩受你照顧至今，沒有任何不滿。我不想活著遭遇那種慘事。」

「讓她活下去！」這次王子是以真正的勇氣，清楚地說。額頭冒出苦悶的汗水。

「樂佩不會變成老太婆這種醜臉。」

「我幹嘛騙你呢？好吧，既然這樣，我就讓樂佩長長久久活下去吧。不管她的臉變得多醜，你都會一如往昔地疼愛她嗎？」

其五

次男在病床上的口述筆記雖短，但多少讓情節有了轉折。不過畢竟只在病床上吃了點粥，平日對日本所有現代作家冷嘲熱諷的高傲無禮驕兒，也只能展現其特異才華的片鱗，原本構思好的故事說不到三分之一便已精疲力盡。縱使再有才華，可惜也抵不過感冒發燒的折騰。情節才剛進入轉折高潮，就得抱憾交給下一棒。而下一位選手，正是那個傲慢的次女。她愛做驚人之舉，好大喜功，第四天一早便坐立不安。全家一起圍在餐桌吃早餐時，唯有她簡單吃了麵包與牛奶。因為她認為若和家人一樣吃味噌湯、醃蘿蔔之類的紮實食物，不僅會使胃腑混濁，思緒也會委靡不振。吃完飯，她便到客廳，站著亂敲鋼琴鍵，把蕭邦、李斯特、莫札特、孟德爾頌、拉斐爾的曲子交雜亂彈，想到什麼就彈什麼，認為這樣靈感就會從天而降。這女孩做事真的很誇張。得到靈感後，一本正經地離開客廳，走到浴室脫下襪子洗腳。真是詭譎的行徑。但次女是藉由這種行為來清淨自己。真是變態的洗禮儀式。如此身心都清淨之後，次女便緩緩走回自己的書房。坐在書房的椅子上，低吟了一聲「阿門」。這實在太離奇了，因為次女應該沒什麼信仰。其實她只是為了表達自己此刻的緊張心情，認為這個詞彙恰當，臨時借用而已。「阿門」，原來如此，心情真的平靜下來了。接著次女裝模作樣開始焚香，在腳下的陶製小火盆點燃一種名為「梅花」的薰香，然後深呼吸，瞇起眼睛，覺得頗能體會古代閨秀作家紫式部的心境。腦海裡浮現〈春曙為最〉[5]這篇文章，覺得很舒服。但隨即發現這是清少納言寫的又覺得很掃興，連忙從書架抽出《希臘神話》，亦即異教的神話。這可以說明她的「阿門」徹底虛假。《希臘神話》是她的幻想泉源。當她幻想力枯竭，

5 清少納言《枕草子》的第一篇。

便翻閱此書。打開書頁，眼前立即充滿花朵、森林、泉水、戀情、天鵝、王子、妖精……但卻通通派不上用場。次女的所作所為，委實令人難以理解。蕭邦、靈感、洗腳禮、阿門、梅花薰香、紫式部、春曙為最、希臘神話，這之間沒有任何關連，而且支離破碎。根本只是裝模作樣。快速翻閱《希臘神話》，欣賞阿波羅的全裸插圖，露出令人毛骨悚然的淡淡冷笑。然後「砰」的一聲把書扔掉，拉開書桌的抽屜，拿出一盒巧克力與一罐糖果，以非常做作的手勢——只用食指和拇指，其他三根手指往上翹，以這種撩人的手勢捏起巧克力，放入口中瞬間吃掉，隨即又拿起糖果扔進嘴裡，嚼啊嚼啊立刻嚼碎，然後又吃巧克力，接著又吃糖果，猶如餓鬼般狼吞虎嚥。吃早餐時，雖說為了讓胃腑輕快些，特地只吃了麵包和牛奶，但這根本沒有用，因為次女原本就是大胃王。她只是在裝氣質，故意只吃麵包和牛奶，但這壓根兒不夠，非常不夠。所以她才會躲進書房避人耳目，在這裡發揮大胃王的本性。總之，她是個非常虛矯的女孩。吃了二十塊巧克力、十顆糖果，毫不在乎地哼起〈茶花女〉。一邊哼唱，一邊吹掉稿紙上的灰塵，拿起沾水筆沾滿墨水，慢條斯理寫了起來。態度顯得頗為不遜。

——不懂得死心、依照本能行動的女人，往往會造成悲劇。

初枝（長女的名字）女士這個暗示，在此似乎遭逢了些許混亂。樂佩生於魔法森林，吃串烤青蛙與毒菇長大，在老女巫盲目的溺愛下過得十分任性，玩伴則是森林裡的烏鴉和鹿。換言之，她是所謂的「野孩子」，無論在嗜好或感覺上，她依然保有本能的野蠻部分吧，這是可以肯定的。這種本能的言行舉止，反而成為王子為她瘋狂著迷的魅力，這也很容易推測得到。

然而，樂佩果真是個不知死心的女人嗎？雖然可以認定她是個本性野蠻的女人，但面臨眼前的生死關頭，樂佩不是放棄了一切嗎？樂佩說她要死，死了比較好。這句話不就表示放棄了一切嗎？但初枝女士卻指摘樂佩是個不懂死心的女人。若我輕率地反對這一點，一定會被責罵。我討厭被罵，所以姑且同意初枝女士的看法。樂佩確實是個不懂得死心的女人。雖然「讓我死吧」這句話帶著惹人憐愛的謙虛，但若仔細想想，這也是一句非常自私、極度自戀的話，淨是盤算著被愛。自認還有被愛的資格時，活著才有意義，才會快樂。這是理所當然的事。不過，縱使清楚地自覺到，自己已經沒有被愛的資格，人還是非得活下去不可。縱使沒有「被愛的資格」，人也應該永遠還有「愛人的資格」。我認為一個人真正的謙虛，是懂得愛人的喜悅。光只會追求被愛的喜悅，這才是野蠻無知的行為。

此刻樂佩只想要被王子愛，卻忘了愛王子。甚至也忘了愛親生的孩子。不，我甚至覺得她嫉妒自己的孩子。當她知道自己不會再被愛，便希望一死了之，這是何等的自私任性。她應該更愛王子才對。王子也是個寂寞的人。要是樂佩死了，王子不知會有多麼沮喪。樂佩必須回報王子的愛，繼續活下去，無論如何都要活下去。無論未來會有什麼痛苦遭遇，都要為孩子活下去。一心一意疼愛這個孩子，只求能把這個孩子養得健康強壯，這才是真正懂得死心的人的謙虛態度吧。自己變醜了，不會被愛了，但至少可以默默地去愛別人，即使沒人知道也無所謂，明白愛人才是最大的喜悅。能夠這樣坦誠死心的女人，才是神的寵兒。縱使沒人愛她，神的大愛也會眷顧著她。真是幸福啊。即便我辯才無礙說得頭頭是道，但我內心想的未必和上述一樣。因為我認為人長得美，被大家瘋狂熱愛，是最美好的事。可是，若不神妙地搬出這種高調，唯恐惹得初枝女士不悅，因此我誠惶誠恐、提心吊膽，說了這番遙不可及又言不由衷的話。因為初枝女士其實是我的胞姊，也是我的法文老師，我向來不敢違背她的高見，必須行禮如儀，一味地迎合她。俗話說長幼有序，身為幼者真的很辛苦。話說，樂佩誠如上述所言，是個不懂死心的無知女人，想到自己快要喪失被愛的資格，希望早點死掉算了。因為她認為活著就是要被王子疼愛，誰也拿她沒轍。

不過王子仍在努力。人在痛苦時會向神明祈禱。但痛苦到幾乎絕望時，甚至會以狂亂的姿態央求惡魔。王子此時走投無路，只能合掌懇求髒兮兮的老女巫。

「請妳讓她活下去！」王子急得汗流浹背，大聲吼叫，屈膝跪求惡魔。只要能保住心愛的人一命，無論自尊心或什麼，王子願意全部捨棄毫不後悔。真是堅毅勇敢，純真又可憐的王子。老女巫微微一笑。

「好吧，我就讓樂佩長長久久活下去。可是她的臉變得跟我一樣，你也會一如往昔疼愛她嗎？」

王子以手掌胡亂抹去額頭的汗水。

「臉。我現在沒心情想這種事。我只想再看到健康的樂佩。樂佩還很年輕，只要年輕又健康，怎麼樣的臉都不會醜。快啊，快把樂佩變回原來健康的樣子吧。」

王子說得堅定無比，但眼裡泛著淚光。讓她在擁有美貌時死去，或許才是真正的深愛。可是，啊，真的不想讓她死去，沒有樂佩的世界是一片黑暗，沒有比背負宿命遭到詛咒的女孩更可愛，我要她活下去，活下去，我要她永遠陪在我身邊，即使臉變得再醜也無所謂，我愛樂佩。她是一朵神奇的花，森林的精靈，山嵐霧氣所生的女體，我希望她永遠不要消失。王子如此強忍著心中的哀愁、愛憐與苦楚，要不是老女巫在場，他好想趴在樂佩消瘦的胸前放聲大哭。

老女巫陶醉地瞇著眼睛，猶如在欣賞美景般看著王子痛苦的表情，心情顯得很好。不久，她以沙啞的聲音咕噥：「真是好孩子。真是個正直的好孩子。樂佩，妳是個幸福的女人啊。」

「不，我是個不幸的女人。」樂佩聽到老女巫的低語，如此回答：「我是女巫的女兒。受到王子的疼愛，更讓我對自己卑賤的身世感到羞恥、痛苦，總是懷念故鄉那座森林。在那座高塔上，和星星小鳥聊天的時光反而比較愜意。過去我不知道想過多少次，想逃離這座城堡，回去媽媽那裡。可是要離開王子，我更痛苦。我喜歡王子，即使有十條命，我也願意給他。王子是個非常體貼的好人。我無論如何都無法離開王子，所以才拖拖拉拉一直待在這座城堡裡。我並不幸福，每天都像活在地獄裡。媽媽，女人不該和心愛的人結婚，一點都不幸福。啊，讓我死吧。我無法與王子生離，所以就死別吧。我若現在死了，我和王子，大家都能幸福。」

「這只是妳的自私任性喔。」老女巫笑咪咪地說，語氣中充滿深深的母愛。「王子已經答應，不管妳的臉變得多醜，都會永遠愛妳。他深深愛著妳，非常難能可貴。照這個樣子看，要是妳死了，王子可能會跟著妳去死。總之，為了王子，妳就試著恢復健康吧。以後的事，到時候再說。樂佩，妳已經生了小孩了喔，已經是媽媽了喔。」

樂佩輕聲嘆息，靜靜地閉上眼睛。王子在激情過後，現在已失去一切表情，猶如化石般，只是木然地站著。

眼前即將設置魔法祭壇。老女巫像一陣風迅速離開房間，不久又拿著東西出現，隨即又迅速消失。就這樣忽隱忽現幾次，將所需的各種東西帶進病房。祭壇由四隻動物的腳支撐著，上面覆蓋著鮮紅色的布，這塊布是由五百種蛇的舌頭製成的，鮮紅色就是就是舌頭滲出的血色。祭壇上擺著用黑牛皮做的巨大鍋子，鍋下明明沒有火，但鍋裡的熱水沸滾得幾乎要溢出。老女巫披頭散髮，嘴裡念著咒語，繞著大鍋不斷奔跑，邊跑邊把各種藥草和世上的奇珍異物扔進大鍋的沸水裡。譬如從太古時代未曾融化過的高山積雪、即將消失前閃爍片刻的竹葉上的霜、活了一萬年的龜甲、月光下一粒粒蒐集來的沙金、龍鱗、出生後從未見過天光的溝鼠眼、杜鵑鳥吐出的水銀、螢火蟲尾部的珍珠、鸚鵡的藍舌頭、永不凋謝的罌粟花、貓頭鷹的耳垂、瓢蟲的爪、蟋蟀的智齒、開在海底的梅花一朵，還有很多世上難以入手的珍貴寶物。老女巫將它們逐一扔進大鍋，繞著鍋旁大約跑了三百次，直到鍋裡升起的水蒸氣呈現出彩虹般的七彩顏色，老女巫停下腳步，宛如變了一個人，以令人敬畏的口氣呼叫病床上的樂佩：「樂佩！媽媽現在要做一生一次，極其困難的魔法。妳要暫時忍著點！」話聲未落便衝向樂佩，以細長的刀子刺進樂佩的胸膛。王子連尖叫「啊！」都來不及，老女巫已經雙手抱起瘦弱如紙片的樂佩，將她高舉過眼，扔進沸騰的大鍋裡。鍋裡只傳來如海鷗哭泣般的細微聲音，接著便悄然無聲，剩下的只有沸水的翻滾聲，以及老女巫低沉的念咒聲。

這一幕實在太驚悚，王子驚愕得說不出話。後來好不容易以近乎低喃的聲音說：

「妳在幹什麼！我沒有叫妳殺她，也沒有叫妳用鍋子煮她。還給我，把我的樂佩還給我。妳是惡魔！」

他也只能這麼說，不再有力氣頂撞老女巫，撲向已經沒了樂佩的空床，像個孩子般「哇！」地放聲大哭。

老女巫沒有理會王子，以布滿血絲的眼睛盯著鍋子，額頭、臉頰、頸子都淌著汗水，一心一意地念咒。驀地，念咒聲停了，鍋子裡的沸騰聲也同時嘎然而止。王子流著眼淚、稍稍抬起頭來，遲疑地看著祭壇時，只見老女巫正在呼叫：「樂佩！出來吧！」隨著老女巫洋洋得意的清朗叫聲，不久，樂佩的臉露出來了。

其六

——是個美人。這張臉美得光燦奪目。

長兄非常興奮地繼續寫。他的鋼筆實在太粗，粗得像一條香腸。他右手緊緊握住這隻挺拔的鋼筆，緊抿著嘴唇，以認真嚴謹的態度，一字一字寫得又大又清楚。但可惜的是，這個長兄沒有弟妹們說故事的才華。儘管弟妹因此稍微瞧不起這個長兄，但這是弟妹們不遜的惡德，長兄仍有他過人之處。他不說謊，很正直，而且富有人情味，心腸很軟。現在也是，他無論如何都無法將從鍋子裡出來的樂佩，寫成像老女巫那樣醜陋可怕的臉。這樣的話，樂佩未免太可憐了，對王子也太殘忍了。他甚至感到憤慨，因此衝動地寫下：「是個美人。這張臉美得光燦奪目。」但接下來就不知道該怎麼寫了。畢竟長兄太過正經，因此想像力也極其貧弱。喜歡胡說八道的狡猾之人，最具豐富的說故事才華。但長兄是個品格高尚的人，心裡燃燒著高潔的理想之火，也很有愛心，而且他的愛沒有任何算計與心機，所以不擅長虛構故事。毫不客氣地說，他故事寫得很爛。現在他也以演說般的語氣在寫。寫到「這張臉美得光燦奪目」時，閉眼沉思了片刻，接下來便慢慢寫。雖然不成故事，但字裡行間流露出他的誠實與愛心。

——這張臉，不是樂佩的臉。不，還是樂佩的臉。但已不是生病前那張汗毛很多，彷如野玫瑰的可愛臉龐（雖然批評女性的臉是很失禮的事），現在這張復活過來、帶著淡淡微笑的臉，若以花草來比喻（雖然以植物來比喻萬物之靈失之輕率），首先是桔梗吧，或是月見草。總之是秋天的花草。她從魔法祭壇走下來，孤寂地笑了笑。氣質，以前是沒有的。此刻她渾身散發出端莊嫻淑的氣質。王子不由得對這位高貴女王作揖行禮。

「居然有這種不可思議的事啊。」老女巫偏著頭咕噥：「不應該是這樣。我還以為從大鍋裡爬出來的，會是個像蟾蜍臉般的女兒。看來一定有更強的力量在干擾我的魔力。我輸了。我已經厭倦魔法。我要回森林去，當個理所當然、無趣的老太婆渡過餘生。原來這世上也有我不懂的事啊。」老女巫說完，一腳把魔法祭壇踢進壁爐裡燒毀。據說祭壇上的各種道具，在壁爐裡吐出藍色火舌，整整燒了七天七夜。之後老女巫返回森林，以一個平凡溫和的老太婆，靜靜地渡過餘生。

總之，這是王子愛的力量打敗了老女巫的魔法力量，但依小生的觀察，兩人真正的婚姻生活，現在才要開始。過去王子的愛，極端地說，可以置換成愛撫這個詞。這在青春年少無可避免，但終將碰到瓶頸，一定會面臨危機。而王子與樂佩之間的愛情，確實也因懷孕生子而產生了齟齬。這的確是神的考驗。不過，王子純真拼命的祈禱，獲得神的憐憫，使得樂佩褪去肉感，重生為擁有高貴心靈的女人。因此王子不禁對她作揖行禮。就在這裡，就從此時，兩人開始嶄新的婚姻生活。亦即相敬如賓。若不互相尊敬，真正的婚姻無法成立。現在樂佩已非野蠻女孩，也不是有如玩物般的女人。現在的她，嘴角帶著深沉悲傷，死心與體貼的微笑，宛如天生的女王般沉著。王子與樂佩悄悄地交換微笑，心情變得祥和愉快。丈夫與妻子，在一生當中，必須重新結婚好幾次。為了發現彼此真正的價值，必須一次次戰勝危機，不能輕言分離，要重新結婚繼續前進。王子與樂佩，在五年後或十年後，或許會再度重新結婚，但不會再失去彼此的信賴與尊敬，因此小生認為真是萬萬歲。

由於長兄寫得太認真太用力，導致連自己都搞不懂到底寫了什麼，霎時感到倉皇失措。一點也不像在寫故事，反倒好像把故事搞砸了。他握著粗大的鋼筆，面露難色。苦思未果，只好起身抽出書架上的書，一本又一本翻閱，終於讓他找到適合的書。那是使徒保羅的書信集，提摩太前書第二章。他認為這段經文拿來當樂佩故事的結尾最適合，輕輕地頷首，便裝模作樣開始抄寫。

——我願男人無忿怒，無爭論，舉起聖潔的手，隨處禱告。又願女人廉恥、自守、以正派衣裳為裝飾，不以編髮、黃金、珍珠、和昂貴的衣裳為裝飾。只要有善行，這才與自稱是敬上帝的女人相宜；女人要沉靜學道，一味地服從。我不許女人講道，也不許她管轄男人，只要沉靜。因為先造的是亞當，後造的是夏娃。且不是亞當被引誘，乃是女人被引誘陷在罪裡。然而女人若常存信心愛心，又聖潔自守，必在生產上得救。

如此便大功告成，長兄不禁莞爾一笑，心想這對弟妹也是很好的規戒吧。若沒有這段保羅的經文，我的論點就會顯得語無倫次，甜膩鬆軟，極其平庸，可能成為弟妹們的笑柄。真是好險，我真該感謝保羅。長兄有種經歷了九死一生的感覺。他總是不忘對弟妹說教，因為一本正經，寫起故事也無法放鬆，一定會變成說教的口氣。當長兄，果然也有當長兄的苦處。非得正經八百不可。基於長兄的責任感，不能和弟妹們瞎起鬨。

這個故事到了第五天，終於在長兄的道德講義、近乎畫蛇添足的寫法中落幕。今天是正月五日，次男的感冒也好了。中午過後，長兄得意洋洋從書房出來，走去向弟妹們報告：

「我完成了喔！我完成了喔！」要大家在客廳集合。祖父也笑咪咪地來了。不久，祖母也被么弟硬拉來。母親和阿里在客廳準備火爐，忙著端來茶點和充當午餐的三明治，還有祖父的威士忌。首先由么弟開始念。祖母湊上前去，在文章的每個段落都插嘴「原來如此，原來如此」表示贊成，使得么弟愈讀愈難為情。祖父趁亂將威士忌挪到自己旁邊，打開瓶蓋，自顧自地喝了起來。長兄見狀，小聲提醒：「爺爺，你會不會喝太多了？」祖父更小聲地回答：「羅曼史小說要喝醉聽才有意思。」么弟、長女、次男、次女，各自以別出心裁的方式朗讀完畢後，最後輪到長兄以憂國激辯般的悲痛口吻朗讀。次男一開始還強忍噴笑，後來實在忍不住逃去走廊。次女徹底輕蔑長男的文才，擺出滑稽逗趣的表情，還故意拍手叫好。真是傲慢的傢伙。

全部讀完時，祖父也已醉了。他醉醺醺地誇說：「很棒，大家都寫得很棒。其中瑠美（次女的名字）寫得特別棒。」果然還是偏心次女。不過他睜開醉眼，提出令人意外的抗議。

「光是寫王子和樂佩的事，可惜誰都沒有寫國王和王后的事。初枝好像稍微提到了一些，可是那樣是不夠的。王子之所以能和樂佩結婚，之後也長久過著幸福的生活，這些全部，都是國王和王后的慈愛所賜。要是沒有國王和王后的理解，不管王子和樂佩多麼相愛，到頭來也很會慘喔。所以無視於國王和王后的寬宏大量，這個故事是無法成立的。你們還很年輕，不會察覺到這背後的因素，只是一味地將問題放在王子和樂佩的戀情上。這表示你們的火候還不夠哪。譬如雨果的作品，經由兒子推薦後，我很愛讀他的作品，那真是面面俱到。那個雨果啊——」當祖父提高嗓門要發表高見時，被祖母罵：「難得孩子們樂在其中，你在潑什麼冷水呀。」罵完還順便沒收他的威士忌酒瓶與酒杯。雖然祖父的批評也頗有道理，但口氣過於吊兒郎當，以致得不到任何人支持被冷落在一旁。祖父忽然沮喪起來。母親不忍見他垂頭喪氣，偷偷把那個勳章遞給他老人家。那是去年除夕，母親悄悄償還了祖父私下向人借的錢，祖父認為母親有功，授予這枚銀幣勳章。

「爺爺說要頒勳章給寫最好的人喔。」母親笑著對孩子們說。她想藉此讓祖父恢復興致，但祖父卻變得正經八百：

「哦，這個啊，果然還是要送給美代（母親的名字）。永遠地送給妳。拜託妳好好照顧孫子們喔。」

孩子們都很感動，覺得這是一枚很棒的勳章。

黃道吉日

這是我這個蠢作家，為了現在離鄉背井，前去保衛大日本帝國存亡的人們，寫的一個小故事。但願能帶來些許安慰，請別擔心後方家人。

大隅忠太郎，是我大學的同屆同學，但他不像我丟臉留級，很順利就畢業了，在東京一家雜誌社上班。人都有一些毛病，大隅的毛病是從學生時期就有點跩。但這絕非大隅的本意，只是對外的一種習性。就像有些膽小、容易耽溺於感情的好紳士，走路時喜歡揮動粗大結實的手杖是同樣的道理。大隅並非野蠻人。他的嚴父是朝鮮某大學的教授，算是高水準的家庭。大隅是獨生子，因此備受寵愛，大約十年前母親過世，之後嚴父凡事都讓他隨著自己的意思做。換言之，大隅是在優渥安穩的環境長大。大學時代，他就穿天鵝絨領子的外套來上學，他的言行舉止也絕不粗野，但在同學裡的風評很差，覺得他老愛裝出一副博學的踐樣。可是看在我眼裡，這種在背後碎嘴的壞話未必得當。和我們這些不用功的人相比，大隅確實很博學。博學之人，有機會展現自己的知識時，毫不保留陳述出來是極其自然的事，沒什麼好奇怪的。反倒這個社會比較奇怪，別人只發表自己所知十分之一以上的事，便批評別人愛裝博學。大隅不是假裝，是確實博學，因而發表。況且他已經顯得很客氣了，他知道的其實有五、六倍之深。但人們只聽十分之一以上便板起臉孔。其實大隅很收斂，他顧及我們這些不用功的同學，小心謹慎地不公開他全部的知識，僅僅陳述十分之三、或五、六的程度，其餘大部分知識都深藏心底。即使如此，周遭同學還是吃不消。在這種情勢下，大隅必然是孤獨的。大學畢業後，大隅去雜誌社上班也碰到同樣的事，大家都對他敬而遠之，兩、三個壞心眼的同事，甚至完全無視大隅的博學，硬是把體力勞動的工作塞給他，大隅因此憤而辭職。大隅向來不是壞人，只是見識比別人高。他無法忍受別人的無禮嘲笑，總要別人無條件敬服他才甘願。但世人不可能那麼輕易敬服別人，因此大隅經常換工作。

「啊，我受夠了東京，東京太掃興了。我要去北京，那個世界第一的古都。那個古都才適合我的個性。因為——」

大隅對我娓娓道來，大約陳述了他十分之七的博學知識，不久便飄洋渡海去了中國。當時在日本國內，與大隅保持來往的，只有我和其他兩、三位同學。這些人都是大隅挑選後，認為是最能理解他的人，卻也是世上最懦弱的男人們。那時我也二話不說贊成他去中國，但內心不免擔憂，吞吞吐吐給他笨拙的忠告：

「去了馬上回來就沒意義了，可是無論發生什麼事，千萬不能吸鴉片。」

他哼笑了一聲，不，他對我說謝謝。大隅去中國的第五年，即今年四月中旬，忽然發了一封電報來。

「匯上〇，請代為下聘並籌備婚禮，我明天離開北京。大隅忠太郎。」

同時收到電匯一百圓。

他去中國已五年。這五年裡，我們一直保持書信往來。根據他信上所言，古都北京真的很適合他的個性，很快就在北京的某大公司上班，並能完全發揮他的能力，致力於促進東亞的永久和平。每當接到他如此自豪的來信，我便愈發尊敬他，但我還是有故鄉老母般的愚蠢父母心，儘管得知他的偉大抱負深感欣慰，但另一方面也提心吊膽，總希望他不要三分鐘熱度，希望他能不厭其煩地長久持續下去，也請保重身體，絕對不能碰鴉片。因此也對他說了這種現實且掃興的關切話，他可能很不是滋味，之後來信就變少了。去年春天，山田勇吉來找我。

那時山田勇吉在丸之內的某保險公司上班。他也是我們的大學同學，個性比誰都怯懦，我們總是抽他的菸。他不僅對大隅的博學佩服得五體投地，也很照顧他的日常生活。我沒見過大隅的嚴父，聽說是個禿頭，獨子忠太郎也繼承了嚴父的特徵，大學畢業後，前額便開始禿了。男人隨著年紀漸長，前額開始禿是理所當然，沒什麼好大驚小怪，但大隅明顯比其他同學早禿很多。而早禿也成為大隅抑鬱寡歡的原因，有一次體貼窩心的山田勇吉實在看不下去，一臉正經地建議他：「聽說將松葉綁成束，去刺扎禿掉的部分會長出頭髮。」反倒被大隅狠狠瞪了一眼。

「我幫大隅找到新娘了！」山田久違來到我家，緊張兮兮地說。

「沒問題嗎？你別看大隅那個樣子，他可是很挑的喔。」大隅是大學美學系畢業，對美女的鑑賞眼光很嚴格。

「我把照片寄去北京給他看。結果他回信，一定要這個女孩。」

山田從西裝內袋掏出大隅的回信，卻說：

「不，這信不能給你看。對大隅過意不去。因為信裡也寫了一些感傷、曖昧的事。你就自己猜吧。」

「這樣很好啊，你就幫他撮成這樁婚事吧。」

「靠我一個人不行，希望你也能幫幫忙。等一下我就要代替大隅去女方家提親，想說你這裡有沒有大隅最近的照片。我得拿張照片給對方看。」

「最近大隅很少寫信給我，但若三年前他從北京寄給我的照片，倒是有一、兩張。」

一張是遠眺紫禁城的側臉照；一張是以碧雲寺為背景，穿著中國服的立身照。

我將這兩張照片交給山田。

「這個好，頭髮看起來也比較密了。」山田首先注意頭髮。

「不過，可能是光線的關係，拍起來才比較密。」我沒自信。

「不，應該不是。因為聽說最近已經有好藥了，義大利製的特效藥。說不定他在北京也偷偷在用。」

這件婚事好像談成了。一切都歸功山田的不辭辛勞。但去年秋天，山田寫信來告訴我：「我罹患了呼吸器官的疾病，接下來一年要返鄉靜養，大隅的婚事也只能拜託你了，女方的住址如左記，拜託你跟他們聯絡。」

膽小如我，叫我張羅別人的婚事，這豈不是嚇死我。可是大隅的朋友很少，此刻我若不接下來，難得的婚事一定會泡湯，於是我寫了一封信給北京的大隅。

拜啟。山田因病返鄉休養，因此我必須接手你的婚事。可是你也知道，我不是個會照顧別人的男人。我過著相當貧寒的生活，根本幫不上忙。即便如此，在期盼你有幸福婚姻這件事，我自認不落人後。有什麼事儘管說。雖然我很懶，不會主動為別人做事，但若別人交代吩咐，我會盡量去做。最後，請多保重，千萬不能碰鴉片。

結果我又在最後加了一句不必要的忠告。之前我寫給大隅的信，或許惹得他不高興，所以沒有回信。我是有些在意，但叫我主動去幫助別人，我這種怕麻煩的個性實在做不來，所以就這樣擱著。可是這回忽然來了那封電報和電匯。既然接到命令，我也得必須動起來。我照山田給我的住址，發了一封限時信給女方家。

友人大隅忠太郎發了一封緊急電報給我，拜託我與您商討下聘及婚禮事宜。我想盡快登門拜訪，不曉得您何時方便，若能順便附上前往貴府的路線簡圖，更是感激不盡。

我十分緊張地寫了這封信，寄了出去。對方的姓名是小坂吉之助。翌日，一位眼神銳利、氣質高雅的老紳士蒞臨寒舍。

「我是小坂。」

「哦，您好。」我大吃一驚。「應該是我去拜訪您才對。呃不，您好，這實在是……來，請，請進。」

小坂進到房裡，雙手抵在髒兮兮的榻榻米上，笑也不笑，嚴肅地打招呼。

「大隅發了一封這樣的電報給我。」現在我只能豁出去跟他談了。「這裡有個『匯上〇』吧，這個『〇』指的是一百圓。他的意思是把這筆錢當聘金，要我拿去給您。但因事出突然，我也搞不清狀況。」

「這也難怪。因為山田先生返鄉了，我們也感到些許不安。去年年底，大隅先生曾直接寫信給我們，說因為種種原因，希望典禮能等到今年四月，我們都很相信他，所以一直等到現在。」

「相信」一詞，莫名強烈地在我耳際迴響。

「這樣啊。想必您很擔心吧。但是，大隅絕對不是不負責的男人。」

「是的，這我明白。山田先生也如此保證。」

「我也敢保證。」

結果這個靠不住的保證人，後天必須把下聘用品放在原木的台架上，遞給小坂家。

小坂先生請我中午去他家。大隅似乎沒有其他朋友，看來我非得代他去下聘不可。前一天，我去新宿百貨公司買了一套下聘的必需用品，回程順道去書店翻閱《禮法全書》，查了下聘的禮儀與致詞等事。當天我穿了日式裙褲，把繡有家徽的外褂和白足袋[1]，用包袱巾包起來帶出門。我打算在小坂家的玄關快速換上外褂，脫掉藍足袋確實穿上白足袋，展現出帥氣體面的使者模樣，但我完全失敗了。我在省線五反田下車後，照著小坂先生給的簡圖，大約走了一公里，終於找到小坂家的門牌。那是一棟比我想像大三倍以上的大宅邸。那天很熱，我拭去汗水，稍微端正儀容，走進大門，確定四周沒有猛犬後，按下玄關的門鈴。一位女僕來應門，對我說：「請進。」我走進玄關一看，只見小坂吉之助先生穿著家徽和服，將扇子立在膝旁，嚴肅端坐在玄關的式台[2]上。

「呃，等等。」我說了莫名其妙的話，將帶來的包袱巾放在鞋櫃上，立刻解開

1 日式分趾短布襪。
2 玄關裡，高一階的地板處，主人迎送客人之處。

取出家徽外褂，換掉穿來的黑色外褂，到這裡沒有什麼大疏失，但接下來就完蛋了。我站著脫掉藍足袋，換上白足袋之際，因為腳底出汗，無法順利脫掉，於是心一橫用力一拉，頓時重心不穩，跌了一個踉蹌出糗。

「啊，這個。」我又說了莫名其妙的話，卑屈地笑了笑，在式台上盤腿而坐，又摸又拉像是在安撫似的，一點一點慢慢將白足袋套上腳，時而用手帕擦擦額頭上的汗水又默默地穿足袋。這時周圍的氣氛一片黯淡，我甚至想自暴自棄，乾脆光著腳丫走上式台，然後縱聲大笑。但我旁邊的小坂先生，依然一臉嚴肅，始終保持威儀地端坐著。五分鐘，十分鐘，我繼續和足袋苦戰惡鬥。終於兩隻都穿上了。

「來，請進。」宛如什麼事都沒發生過，小坂以極其沉穩的態度帶我進入室內。小坂夫人似乎早已過世，一切都由小坂先生打理。

我為了穿足袋，已經精疲力盡。儘管如此，我還是把帶來的下聘用品放在原木的台架上，遞出去。

「這次，真的——」我說著《禮法全書》學到的致詞。「請多多指教。」終於順利說完後，出現一位三十出頭的美女，沉靜地向我行了一禮。

「您好，我是正子的姊姊。」

「哦，請多多指教。」我有些倉惶失措地回禮。接著，又出現一位三十歲左右的美女。這位打招呼時也說是姊姊。老是對四面八方的人說「請多多指教，請多多指教」，自己都覺得有點蠢，於是這次我改說：

「請永遠多多照顧。」

接下來女主角終於登場。她穿著綠色和服，羞答答地向我打招呼。這是我第一次見到正子小姐。非常年輕，而且非常漂亮。想到友人的幸福，我微微一笑。

「嗨，恭喜妳。」現在是對好朋友的未婚妻講話，我說得稍微親切、隨便了些。

「請多指教。」

姊姊們陸續端來各種山珍海味。一個年約五歲的男孩黏著大姊；二姊則是有個年約三歲的女孩，步伐不穩地跟在後面。

「來，喝杯酒。」小坂先生為我斟啤酒。「很抱歉，沒人能陪你暢飲。——其實我年輕時也很能喝，現在完全不行了。」他笑了笑，用手摸摸禿得發亮的頭。

「恕我失禮，您幾歲？」

「已經九了。」

「五十？」

「不，六十九。」

「您真的很硬朗啊。日前第一次見到您，我就這麼想了，您是不是武士家族出身？」

「不敢當。我的祖先是會津的藩士。」

「那您自幼就練劍術？」

「沒有。」大姊沉靜地笑了笑，並向我勸酒。「家父什麼也不會。祖父則是長槍的——」說到這裡欲言又止，似乎想避免炫耀就此打住。

「長槍。」我緊張了起來。我未曾對別人的財富或名聲有過敬畏之念，但不知為何，唯獨對武術高手非常緊張。可能是我比一般人更軟弱無力之故。因此暗自對小坂一族萌生敬意。千萬不能大意，要是得意忘形說了蠢話，被怒罵「無禮之徒！」就不好玩了。畢竟對方是長槍名人的後代。於是我的話明顯變少了。

「來，請用。雖然不是什麼山珍海味，請別客氣，多吃點。」小坂先生再三勸菜：「來，斟酒斟酒。請您穩健地喝一杯。來，請喝，穩健地。」他竟說「穩健地」，聽起來像是教訓我要像個男子漢，以穩健的態度喝酒。這或許是會津的習慣說法，我卻覺得有些可怕。但我還是穩健地喝了。喝是喝了，但找不到話題。因為我對長槍名人的子孫極度謹慎，不禁畏縮了起來。

「那張照片……」房間的門楣上，掛著一幅年約四十、穿著西裝的紳士照，「是誰？」話一出口，我提心吊膽，生怕自己問了不該問的事。

「哎呀。」大姊臉紅了起來：「應該先把它拿下來才對，今天是大喜日子。」

「沒關係啦。」小坂先生回頭瞥了一眼照片說：「這是我的大女婿。」

「過世了？」我心想一定過世了，卻也直接脫口問出，被自己嚇得驚慌失措。

「是啊，不過……」大姊垂下眼簾：「請您千萬別介意。」然後語氣有點怪，支支吾吾地說：「實在很感謝大家的包容——」

「姊夫在世的話，一定會很高興吧。」二姊從大姊的背後探出美麗的笑容說：「很不巧，我家老公也在出差。」

「出差？」我一頭霧水。

「是啊，已經出差很久了。每次寫信回來，一點都不關心我和小孩，只會問院子裡的花草樹木長得怎麼樣。」二姊說完和大姊一起笑了。

「因為他喜歡庭院的花草樹木嘛。」小坂先生苦笑：「來，喝酒。穩健地喝啤酒。」

我只是穩健地喝著啤酒，真是愚蠢的男人。人家是在說戰死與出征。

這天，我和小坂先生談定了結婚日期。不需翻日曆找所謂的「佛滅」或「大安」，就定為四月二十九日。應該沒有比這天更是黃道吉日。地點在小坂家附近的一間中國餐館，因為這家餐館有日式傳統婚禮設備。總之，這方面的事都交給小坂先生打點。媒人的部分，我想請以前大學教我們東洋美術史，也曾為大隅介紹工作的瀨川老師來幫忙。當我支支吾吾說出這個提案，小坂一家人也欣然同意。

「瀨川老師的話，大隅應該也不會不服。不過瀨川老師是個很難伺候的人，不曉得他會不會答應。總之我今天就去拜訪老師，懇求看看。」

趁沒有大失敗之前，趕緊告辭才是明智。我這位思慮謹慎的下聘使者一邊說著：「我已經喝得很醉，真的是酩酊大醉。」一邊又用包袱巾包起家徽外褂與白足袋，總算平安離開會津藩士的宅邸。但我的任務尚未結束。

我在五反田車站前打公共電話，詢問瀨川老師的時間。老師在去年春天，和同系的年輕教授發生意見衝突，遭到難以容忍的侮辱，因此辭去大學教職，現在於牛込的家中，過著堪稱晴耕雨讀的悠哉愜意生活。我以前是個很不用功的大學生，但對瀨川老師不虛矯的人格也深感佩服，所以唯獨這位老師的課，我都努力出席，也曾兩、三次去研究室問他離譜的蠢問題，使得老師瞠目結舌。後來我寄了我的作品集給他，他回信激勵我：「遲鈍更應自重，有志者事竟成。」看了這短短的信箋我更加明白，原來在老師眼裡，我是個很笨很沒出息的人。感謝老師的鼓勵之餘，我也不免深深苦笑。不過既然老師認為我是沒出息的人，反倒讓我覺得輕鬆。若被瀨川老師這種人物，看成前途無量的人，反而會讓我拘謹得受不了吧。反正老師認為我沒出息，我也不用對他裝模作樣，反而能隨心所欲地做事。這天，我睽違多年來到老師家，向老師報告大隅的婚事，順便不客氣地請他當媒人。老師聽了轉過頭去，默默沉思了片刻，終於勉強點頭了。我鬆了一口氣。這樣就沒問題了。

「謝謝老師。畢竟女方的爺爺是長槍名人，所以大隅也不能掉以輕心。這一點也請老師提醒一下大隅。那傢伙實在太粗心了。」

「這點不用擔心吧。武家的女兒，反而很尊敬男人。」老師一臉認真地說：「倒是那個情況如何？大隅的頭好像禿得很嚴重？」

果然對老師而言，最先在意還是大隅的禿頭。真是師恩比海深，我都要感動落淚了。

「我想應該不要緊吧。我看過他從北京寄來的照片，沒有比前禿。而且聽說現在有一種義大利製的特效藥，更何況女方的家長小坂吉之助先生，頂上更禿——」

「年紀大了會禿頭是理所當然。」老師面色憂鬱地說。他的頭也很禿。

數日後，大隅忠太郎提著一只折疊式公事包，動作遲鈍地出現在我三鷹陋室的玄關。他遠從北京回來迎娶新娘。臉曬得很黑，顯得頗為精悍，一看就是歷盡生活艱辛的臉。這也是無可奈何的事。畢竟任誰都無法永遠當高尚的少爺。不過頭髮比以前密了些，這樣瀨川老師也能放心了吧。

「恭喜你。」我笑著道賀。

「哦，這次辛苦你了。」北京來的新郎顯得落落大方。

「要不要換上棉袍？」

「嗯，借我穿。」新郎鬆開領帶又說：「你有沒有新的內褲，順便借我一件。」

不知何時，他甚至學會了這種豪放風格。這種毫不膽怯的說話態度，反而讓他看起來有男子氣概，很靠得住。

不久，我們一起去澡堂。天氣很好。大隅仰望藍天說：

「不過東京還真悠哉啊。」

「會嗎？」

「很悠哉。北京可不是這樣喔。」

我好像代表全東京的人被罵。我很想跟他說，儘管看在旅行者眼裡很悠哉，其實大家都很拼命努力在過活。但說出口的卻是：「可能是有些不夠緊張之處吧。」結果說出口的和我想的相反。我這個人不喜歡議論。

「確實。」大隅昂然地說。

從澡堂回來，吃了偏早的晚餐。酒也端上桌。

「居然還有酒啊。」大隅喝著酒，以訓斥的口氣對我說：「而且菜也出了這麼多道。你們過得太好命了。」

因為大隅要從北京來，內人打從四、五天前就一點一點買回來儲藏，甚至還去派出所辦理應急米的手續。酒也是今天早上，到世田谷姊姊那裡要來的配給酒。但若說出這些實情，客人會不舒服。一直到婚禮當天，大隅會在我家住一星期。所以儘管大隅罵我，我也只默默地一笑置之。他暌違五年回到東京，想必很興奮。這次他絲毫沒有提及結婚之事，倒是以演講的口氣，對我開示世界大勢。啊，可是人不該陳述十分之一以上的知識。住在東京的庸俗友人，神妙地拜聽來自北京的朋友誇誇而談解說時事，多少也會吃不消。我只是個相信新聞報導，不想知道更多事情的極其平凡國民。但對大隅而言，看到這個暌違五年的東京友人，依然一副迂腐溫吞的模樣，或許忍不住技癢吧，遂而大肆批評我們的生活態度。

「你累了吧，要不要睡了？」我趁他滔滔暢談停頓之際扔出這句話。

「好，睡覺吧。把晚報放在我的枕頭旁。」

翌晨，我九點起床。通常我都八點以前起床，但昨晚陪大隅聊天，有點睡過頭。可是大隅卻遲遲不起床。到了十點多，我決定先收起我的棉被。大隅躺在床上，斜眼看我蹦蹦跳跳的幹活模樣說：

「你變成很輕佻的男人哪。」說完又把棉被往頭上蓋。

今天，我要帶大隅去小坂家。大隅和小坂先生的千金還沒見過面，只靠彼此的家譜與照片，以及居中牽線的山田勇吉的證言，便締結了這樁姻緣。畢竟兩人相隔北京與東京。大隅也忙得不可開交，無法只是為了相親來一趟東京。因此今天是第一次見面。這或許是人生最重要的日子，但大隅卻一副泰然自若。到了十一點左右，大隅終於醒了，問說有沒有報紙，然後趴在床上仔細閱讀早報。看完報紙去簷廊抽中國菸。

「要不要刮個鬍子？」我打從一早就焦躁不安。

「沒這個必要吧。」他卻意外地灑脫，宛如在輕蔑我小家子氣。

「可是今天，是要去小坂家吧？」

「嗯，就去看看吧。」

什麼就去看看吧。是要見你的新娘喔。

「她可是大美人喔。」我希望大隅能稍微天真地雀躍一下。「你還沒見到她，我就先見過了，真是不好意思。雖然只是稍微瞄了一眼，但覺得美得像櫻花一樣。」

「你對女人的審美眼光太單純了。」

我覺得很不是滋味，很想乾脆嗆他一句，既然這麼沒興致，幹嘛大老遠從北京跑來。但我是個意志薄弱的男人，到口的話還是吞了回去，不想引發尷尬的衝突。

「對方可是名門世家喔。」說這句話，我真是竭盡全力。因為我不能說，你根本配不上人家。我不喜歡爭論。「通常談婚事的時候，大多會炫耀自己的地位或財富，但小坂先生完全不提這種事，他只說，相信你。」

「因為他是武士呀。」大隅輕鬆帶過。「正因如此，我才專程從北京趕來啊。要不然我才——」口氣真大。「畢竟他們是榮譽之家。」

「榮譽之家？」

「大女婿三、四年前在華北戰死，妻小現在應該住在小坂家。二女婿是入贅小坂家，很早就出征了，聽說正在南方參戰。你不知道嗎？」

「原來如此。」我覺得很丟臉。想起那天，我只顧著人家勸酒，我就「穩健地」喝啤酒，像個傻瓜似的，看到門楣的照片還問了無禮至極的問題，最後還洋洋得意地離開。想到我那猶如日本第一蠢蛋的行徑，臉頰紅了，耳朵紅了，連胃腑都紅了。

「這是最重要的事吧，你怎沒事先跟我說？害我丟臉丟大了。」

「那無所謂啦。」

「怎麼會無所謂，那可是大事喔！」我的口氣明顯憤怒起來，即使跟他吵架也在所不惜。「你也太不像話了！這麼重要的事居然沒跟我說一聲，未免太不夠朋友了。我不想再管你這檔事了。我不敢再去小坂家。今天要去，你自己去！我不去了！」

人羞恥到無地自容，會亂發脾氣。

我們尷尬地吃著偏晚的早餐。總之，我今天不想去小坂家。我汗顏到不敢再去。我甚至氣呼呼地心想，這樁婚事泡湯了也無所謂，隨便你！

「你可以自己去吧。我還有別的事要辦。」我裝出有事要辦，匆忙出門。可是我無處可去。忽然想到，去牛込找瀨川老師，向他吐吐苦水吧。

所幸老師在家。我將大隅來東京的事向老師報告：

「那傢伙真的很糟糕，不但對結婚不抱感激之意，還完全不當一回事。只會高談闊論天下國家，還把我罵了一頓。」

「事情應該不是這樣啦。」老師沉著地說：「他只是害羞吧。大隅開心的時候，反而會擺出一張臭臉。這是他的壞毛病。每個人都有一些毛病，你就別跟他計較吧。」真是師恩比山高。「倒是，他頂上的毛怎麼樣？」老師還是最關心這個。

「沒什麼問題，算是維持現狀吧。」

「那真是大幸啊。」老師似乎由衷放心了。「這樣就沒什麼好擔心了。我也可以大大方方去當媒人。聽說對方的千金既年輕又漂亮，我原本還很擔心呢。」

「真的是個美女。」我興致勃勃地說：「我都覺得那傢伙配不上人家呢。對方是名門世家，也是相當不錯的企業家，但絲毫不炫耀自己的財產地位，甚至沒有擺出榮譽之家的架子，過著恭謹低調恬適的日子。那種家庭很罕見啊。」

「榮譽之家？」

我將榮譽之家的緣由告訴老師，也再度責備大隅無動於衷的態度。

「今天他要和未婚妻首度見面，卻悠悠哉哉睡到十一點。氣得我都想揍他一頓。」

「不可以打架。大學同學畢業後，即便感情很好，也有為無聊小事賭氣吵架的傾向。大隅只是害羞，其實他也很尊敬小坂家，說不定比你更尊敬，所以才會更害羞。況且大隅年紀也不小了，頭髮也愈來愈稀，反而變得更害羞，不知如何是好吧。你要體諒他的心情啊。」真是知徒莫若師。「他只是不擅於表達，不知如何是好便談起天下國家，還把你罵了一頓，然後還睡到十一點，這些都是他煞費苦心在掩飾自己的害羞吧。他以前就是個感覺敏銳，但拙於表達的男人。你就體諒他吧。他現在只能靠你，你也很幫忙不是嗎？」

徹底被老師打敗了。

回程，我順便去了新宿兩、三間酒館，很晚才回家。大隅已經睡了。

「你有沒有去小坂家？」

「去過了。」

「很不錯的家庭吧？」

「很不錯的家庭。」

「你要懂得感恩。」

「我懂。」

「你不要太臭屁。明天去瀨川老師家跟人家道謝。別忘了瞻仰師道山高這句歌詞。」

四月二十九日，大隅的婚禮在目黑的中國餐館舉行。據說今天這個黃道吉日，在這裡舉行婚禮的新人超過三百對。大隅沒有禮服，卻故作豪邁磊落地說：「沒關係沒關係。」穿著西裝便走進餐館，可是在玄關和走廊，到處看到穿著禮服的人。大隅再怎麼無所謂也擔心起來，竟然以微慍的口氣對我說：「喂，這家餐館有沒有出租禮服？去幫我租一套。」既然要租禮服就早說嘛，我還有方法可想，事到如今才說這種話，未免太為難人。但我還是從休息室打電話去問櫃台，果然碰了釘子。餐館的人說，他們並非沒有出租禮服，但要一星期前預約才行。大隅擺出一張臭臉，以責備的眼神瞪著我，彷彿在說：「都是你的錯。」婚禮預定下午五點舉行，只剩三十分鐘。我束手無策，只好到隔著紙門的小坂家休息室求救。

「因為出了一點差錯，大隅的禮服來不及送到。」我撒了小謊。

「哦。」小坂吉之助先生沉穩地說：「沒關係，我們來想辦法。」接著小聲呼叫二姊：「妳那裡有禮服吧。打電話叫人立刻送來。」

「我才不要呢。」二姊當下拒絕，臉頰泛起紅暈，羞答答地笑說：「他不在的時候，我不要別人碰它。」

「什麼？」小坂先生不太明白：「妳在說什麼啊？又不是借給不認識的人。」

「爸爸，」大姊也笑說：「她當然不肯啊。爸爸你不懂啦。在丈夫回來之前，不管再親的人都不能碰，一定要保持原狀才行。」

「別說這種傻話。」小坂先生五味雜陳地笑了。

「才不是傻話。」大姊喃喃低語，霎時表情變得極其嚴肅，但隨即又笑了出來：「我把我家那件禮服借他吧。或許有點樟腦丸味，應該不要緊吧。」然後轉而對我明說：「我先生已經不需要任何衣服了。如果他的禮服能在這種大喜之日派上用場，我想他也會很高興，應該會原諒我。」說完爽朗地笑了。

「好，不……」我答得意義不明。

走到走廊，看到大隅雙手插在長褲口袋裡，板著臉來回踱步。我拍拍他的背說：

「你很幸福喔。大姊願意把他們家的傳家寶禮服借你穿。」

大隅似乎立即明白傳家寶的意思。

「哦，是嗎？」雖然他以一貫鷹揚的態度點點頭，但看起來似乎滿懷感激。

「二姊雖然不肯借，但是你要知道喔，二姊也很了不起喔，說不定比大姊更了不起。你懂不懂？」

「我懂啦。」他高傲地說。瀨川老師說，大隅是個感覺敏銳，但拙於表達的男人。我此刻完全同意老師的看法。

不過，大姊慎重其事捧著猶如諏訪法性兜[3]般的傳家寶禮服來我們的休息室時，大隅表現得可圈可點。他面帶笑容，流下兩行熱淚。

3 武田信玄珍藏的頭盔。

東京來信

東京，現在有很多勞動少女。早晚，工廠上下班時，少女們排成兩列縱隊，合唱產業戰士[1]之歌，行進在東京街頭。她們穿的衣服幾乎和男生一樣，不過木屐的鞋帶是紅的，只有這一點保留了女孩味。每個女孩的臉都長得一樣，連年齡都猜不太出來。將一切奉獻給天皇後，人也許連臉部特徵、外表年齡、甚至美麗都會失去。不僅漫步於東京街頭時能感受到，在看到這些女孩作業中或值勤中的模樣，更能清楚地明白，她們是喪失了個人特徵，將所謂的「個人事情」全數拋在腦後，全心全意為國奉獻。

1 日本二次大戰時，勞動者被稱為產業戰士，支撐著戰爭。

日前，我的一位畫家朋友被徵用[2]去一家工廠工作，我有事找這位畫家，因此最近去了這間工廠三次。我是想請他幫我畫即將出版的小說集封面。但事實上，我非常瞧不起這位畫家的畫，之前這位畫家也曾幾度向我表示，想畫我小說集的封面，但我對他說，我的書原本就風評不好，讓你畫的話風評會更差，真的很抱歉，如此斷然拒絕了。實際上，他的畫也真的技巧拙劣。但這次進入工廠後，竟又提出奇妙的請求，說他已重新構思，非常希望能畫我小說集的封面，拜託我去他上班的工廠找他，他要畫給我看。這時我已覺得，畫得差無所謂，我的小說集風評變差也無所謂。這種事不重要。若能藉由畫我小說集的封面，讓他身為徵用工的士氣更為高揚，這才是最重要的。我收到他那令人心疼的信，便立刻前往他上班的工廠。他非常高興地迎接我，告訴我他對於封面設計的各種腹案。但這些腹案也不太好。坦白說，淨是陳腐、甜膩的東西，聽得我瞠目結舌，可是現在這種情況，畫得好不好不是問題。我這本小說集，也許會因為他的畫而毀了，但這種事根本不重要。只要他能展現出男子氣概就夠了。他熱情地向我說完無聊的腹案後，接著又屢屢寫信來，叫我去看他畫好的無聊草圖，因此我又得去他的工廠。

走進工廠大門，我向守衛示出他的明信片，進到辦公室後，裡面有十來個女孩，靜靜地在工作。我將來意告訴其中一位女孩，請她打電話去那位畫家的值班房間。他住在工廠裡的一間房間，明信片裡也註明了他的休息時間，所以我是趁他的休息時刻來訪。他來到辦公室之前，我坐在辦公室一角的小椅子，茫然地等待。但也並非只是茫然地等，我偷偷觀察眼前十來個勞動少女。大家都冷靜沉著，徹底無視我的存在。我從小就遭女孩無視，已經很習慣了，所以也不怎麼驚訝。不過這種無視的方式，絲毫不見高傲的態度，也看不出別有用意，只是每個人都一樣低著頭，專心工作。這種靜謐的氣氛，沒有因訪客出入而有變化，辦公室只聽得見撥算盤與翻閱帳簿的清爽聲音，是一幅賞心悅目的景象。每個女孩的臉，都不會給人特殊的印象，宛如同色羽翅的蝴蝶，悄悄地停排在花朵的枝頭上。但有一位女孩，不知為何讓我印象深刻。這在勞動少女裡是相當罕見的現象。前面我也提過，勞動少女，每一個都不具個人特徵，可是在這間工廠的辦公室，有個女孩給我的感受，和其他女孩截然不同。她的臉不特別，臉型略長，膚色淺黑；服裝不特別，和大家一

2 戰爭時國家強制動員國民，去做兵役以外的工作，稱為徵用。

樣穿黑色工作服；髮型也是普普通通。所有的一切都和大家一樣。可是她宛如混在黑鳳蝶中的綠彩蝶般鮮明亮麗，散發出與眾不同之美。沒錯，真的很美。完全沒有化妝，卻顯得與眾不同，真的很美。我感到非常不可思議。坦白說，我在辦公室等那位畫家時，一直在看這位奇特少女的臉。我下了頗為合理的判斷，認為這是繼承了祖先的血統。她的父親或母親一定繼承了幾代延續的高貴血統，因此雖然長相不特殊，卻也散發出這種奇特的氣質。祖先的血脈，對人是很重要的。得出這個結論後，我嘆了一口氣，暗自興奮不已。但事實並非如此。我這種自以為是的看法，其實錯得離譜。她那與眾不同之美，是來自堪稱更為嚴肅崇高、走投無路的現實。有一天傍晚，我結束第三次拜訪，要踏出工廠大門時，背後忽然傳來少女們的合唱聲，我回頭一看，結束今天工作的少女們排成兩列縱隊，齊聲高唱產業戰士之歌，從工廠的中庭走出來。我停下腳步，目送這支精神奕奕的隊伍。然後我驚愕不已。那位辦公室少女，獨自走在最後面，拄著拐杖走來。看著看著，我不禁眼眶發熱。難怪她這麼美。這位少女好像天生跛腳，右腳的腳踝處……我不忍再說下去。她拄著拐杖，默默走過我的前面。

輯二　幻滅

我不太喜歡聽別人的戀愛故事，
因為戀愛故事裡，一定有所粉飾。

香魚小姐

佐野是我的朋友。雖然我比佐野大上十一歲，但我們依然是朋友。

佐野現在就讀東京某大學的文科，可是成績不太好，可能會留級。我也曾含糊其詞地給他忠告：「你就稍微用功一下嘛。」但那時佐野雙手抱胸，垂著頭，低聲喃喃地說：「既然如此，只好當小說家，別無他法。」我聽了不禁苦笑。他好像認為只有討厭做學問、腦筋差的人，才會去當小說家。這個姑且不談，佐野最近似乎認真起來，真的認定除了當小說家外別無他法。或許是愈來愈確定必須留級了，因此現在「既然如此，只好當小說家，別無他法」已經不是玩笑話，而是下定決心，所以佐野最近的日常生活過得很悠哉。他才二十二歲，看他正襟端坐於本鄉的租屋處房間裡，一個人對著棋盤獨自弈棋，令人感到一種雲中白鶴的悠閒。他也常常穿著西裝去旅行，包包裡放著稿紙、筆、墨水，還有《惡之華》、《新約聖經》、《戰爭與和平第一卷》等書，以及其他東西。他會在溫泉旅館的房間裡，倚著壁龕的柱子，泰然自若地坐著，在桌上攤開稿紙，懶洋洋吐出煙圈，望著它飄向何方，撥撩長髮，稍稍清了清嗓子，便有幾分文人墨客的風情。不過，對於這種附庸風雅的故作姿態，他也一下子就累了，便起身出去散步。他有時也會向旅館借釣竿，去溪流邊釣櫻鱒，但一條也沒釣到。其實他也不是那麼愛釣魚，嫌換魚餌太麻煩，所以大多用蚊鉤[1]釣魚。他在東京買了幾種上好蚊鉤，放在錢包裡帶去旅行。明明不是那麼愛釣魚，為何特地買魚鉤帶去旅行，非釣不行呢？其實也沒什麼，只是，只是，想體會隱士的心情罷了。

今年六月，香魚解禁那天，佐野也把稿紙、筆、《戰爭與和平》放進包包，錢包裡藏了幾種蚊鉤，前往伊豆某個溫泉區。

過了四、五天，他買了一堆香魚返回東京。聽說在溫泉區時，他釣了兩條柳葉大的香魚，得意洋洋帶回旅館炫耀，不料被旅館的人嘲笑，使他不知所措。儘管如此，他還是請旅館把這兩條香魚炸給他吃。吃晚飯時，他看到偌大的盤子裡躺著兩條像小指頭般的「碎片」，不由得惱羞成怒。

回來後，他也帶著上好的香魚當伴手禮來我家。這是他在伊豆的鮮魚店買的，但他卻以卑鄙的說法坦承這件事：「雖然有人可以輕易釣到這麼點大的香魚，但我不屑釣。釣這麼點大的香魚，多難為情啊。我說了理由後，店家就給我這兩條大香魚。」這算哪門子的坦承啊。

不過這次旅行，還有一個奇妙的伴手禮。他說，他想結婚。他在伊豆找到一個好對象。

「這樣啊。」我完全不想聽詳情。我不太喜歡聽別人的戀愛故事，因為戀愛故事裡，一定有所粉飾。

我興趣缺缺地隨便應和，但佐野並不在乎，逕自滔滔不絕說他找到好對象的事。看起來不像在撒謊，說得蠻直率的，所以我也就勉為其難聽到最後。

他去伊豆那天，是五月三十一日晚上。當晚他在旅館喝了一瓶酒倒頭就睡，他

1 用羽毛做的蚊形假魚餌釣鉤。

請旅館一早叫醒他，翌晨，就扛著釣竿悠哉出門。雖然有些睡眼惺忪，但還是擺出騷人墨客的調調，踩著夏草走向河邊。草露冰涼，舒爽無比。爬上河堤，松葉牡丹與姬百合競相綻放。忽地往前方一看，一位穿著綠色睡衣的小姐居然拉起裙擺，一雙白皙修長的腿露到膝蓋以上，不，還要再上去一點，光著腳走在青草上。看起來好純淨，好美。她離佐野不到十公尺。

「喂！」佐野天真無邪，不由得高聲叫喚，而且指著她那雙白嫩得透明的雙腿。小姐並不驚訝，只是淺淺一笑，放下裙擺。她或許是在做每天例行的晨間散步。佐野對自己伸出右手指的舉動，感到難為情，後悔自己居然伸出手指著初次見面小姐的腿，實在太失禮了。「這樣不行啊……」佐野以責備的口吻，喃喃說著這句語意不清的話，忽地穿過小姐旁邊，頭也不回地快步走開。還不慎跌了一跤，才改成慢慢走。

佐野下到河邊，在一棵樹幹粗得能雙手環抱的柳樹下，坐著釣魚。這裡釣得到魚嗎？這裡釣得到魚嗎？這不是問題。只要沒有別的釣客，安靜的地方就好。幸田露伴[2]也說，釣魚的樂趣不在漁獲豐盛，而是一邊垂著釣竿一邊欣賞四周景緻。佐野也十分贊同這個說法，而且他原本是為了訓練文人的魂魄才開始釣魚，所以釣不釣得到，完全不成問題。只是靜靜地垂釣，專注地欣賞四周景緻。河水潺潺地流著，香魚很快就游過來啄蚊鉤，但旋即又轉身逃走。佐野不禁暗自讚嘆，逃得真快。對岸開著繡球花，竹叢裡綻放的紅色花朵是夾竹桃。佐野不覺有點睏了。

「釣得到嗎？」忽然傳來女人的聲音。

佐野懶洋洋地回頭一看，竟是剛才那位小姐，穿著白色簡單的衣服站在那裡，肩上扛著釣竿。

「不，怎麼釣得到呢？」這話答得莫名其妙。

「這樣啊。」小姐笑了。看起來不到二十歲，明眸皓齒，頸項白皙豐潤宛如要融化般，十分迷人。一切都很美。她拿下肩上的釣竿說：

「今天是解禁日，連小孩都釣得到喲。」

「釣不到也無所謂。」

2 幸田露伴（1867-1947），日本小說家，被譽為「釣聖」文豪。

佐野將釣竿輕輕放在河邊青草上，抽起香菸。他不是好色青年，反倒是遲鈍型的。此時他已不把人家當一回事，一臉毫不在乎，悠哉地吐著煙圈，眺望四周景色。

「這個借我看一下。」小姐拿起佐野的釣竿，把釣線拉過來，看了看釣鉤說：「這個不行喔。這是釣桃花魚的蚊鉤吧？」

佐野覺得顏面盡失，索性仰躺在河邊的地上：「一樣啦。我用這個釣鉤也能釣到兩、三條。」他在撒謊。

「我給你一個我的釣鉤吧。」小姐從胸前口袋掏出小紙包，蹲在佐野旁邊，開始幫佐野換蚊鉤。佐野依然仰躺在地，欣賞天上的雲朵。

「這個蚊鉤啊，」小姐一邊將金色小蚊鉤綁在佐野的釣竿上，一邊喃喃地說：「這個蚊鉤有個名字叫阿染。好的蚊鉤都有名字喔。這個叫阿染，名字很可愛吧？」

「這樣啊，謝謝妳。」佐野不解風情，反倒在心裡嘀咕，什麼阿染呀，誰要妳雞婆了，快到別的地方去啦。這種心血來潮的好心，最是令人困擾。

「好，裝好了。接下來你就釣得到了。這裡很容易釣到魚，我都在那個岩石上釣喲。」

「小姐。」佐野起身問：「妳是東京人嗎？」

「咦？你怎麼會這麼問？」

「沒有，只是……」佐野霎時心慌，漲紅了臉。

「我是本地人喔。」小姐的臉也有些泛紅，然後低著頭，竊竊笑著往岩石那邊走去。

佐野拿起釣竿，再度靜靜垂釣，欣賞四周風景。忽地傳來一聲巨響，噗通。那確實是噗通的落水聲。佐野定睛一看，原來是那位小姐從岩石上掉到河裡，水淹到她的胸口，她緊握釣竿，「哎呀呀」地爬上岸邊。活像一隻落湯雞。白色洋裝溼漉漉地緊貼雙腿。

佐野笑了，笑得好開心。一副幸災樂禍地覺得她活該，絲毫不起同情之心。但他忽然收起笑聲，指著小姐的胸部尖叫：

「血！」

早上指著人家的腿，現在指著人家的胸。小姐簡單的白色洋裝胸前滲出的血，暈染成一朵血紅色的玫瑰花。

她低頭俯視自己的胸口，若無其事地說：

「這是桑葚啦。我把桑葚放在胸前的口袋裡，原本想說待會兒要吃，這下沒得吃了。」

可能是從岩石滑落時，壓到了桑葚。佐野再度覺得顏面盡失。

小姐丟下一句「別看啦」便轉身離去，消失在河岸的棣棠花叢裡。第二天、第三天，她都沒有再來河邊。唯有佐野依然悠哉地在那棵柳樹下垂釣，愉快地欣賞周遭景緻。他似乎不想再見到那位小姐。雖然佐野不是好色青年，但也未免太遲鈍了。

欣賞了三天河岸風景，釣到兩條香魚。這一定是拜「阿染」蚊鉤所賜。釣到的香魚只有柳葉般大，他請旅館炸給他吃，心情卻悶得要命。第四天返回東京，但當天早上他為了買香魚當伴手禮，走出旅館時，遇到那位小姐。小姐身穿黃色絹絲洋裝，騎著腳踏車。

「嗨，早安。」佐野天真無邪，大聲打招呼。

小姐只輕輕點頭便走了，而且神情嚴肅。腳踏車後座載著菖蒲花，白色與紫色的菖蒲花搖晃著枝頭。

近午時分，他辦好退房手續，右手拎著包包，左手提著塞滿冰塊的香魚箱，從旅館走到巴士站。這條路約有五百公尺，是一條塵土飛揚的鄉間小路。他不時停下腳步，放下行李擦汗，然後嘆口氣，又繼續走。走了約三百公尺，背後傳來聲音：

「你要回去了嗎？」

佐野回頭，看到那位小姐在笑。她拿著一面小國旗，身穿高雅的黃色絹絲洋裝，別在頭髮上的波斯菊人造花也很秀氣。但她和一個鄉下老爹在一起。老爹身穿木棉的條紋和服，身材矮小，看起來是很耿直的人。他那黝黑粗大的右手，拿著剛才的菖蒲花。佐野見狀暗忖，原來她早上騎腳踏車東奔西跑，是為了送花給這位老爹吧。

「怎麼樣？釣到了嗎？」小姐語帶揶揄地說。

「沒有。」佐野苦笑：「因為妳掉到河裡去，香魚都被妳嚇跑了。」就佐野而言，這是上乘的應答。

「所以水濁掉了嗎？」小姐收起笑容，低聲囁嚅。

老爹微微一笑，繼續往前走。

「妳為什麼拿著國旗？」佐野試圖改變話題。

「因為出征呀。」

「誰出征？」

「我的侄兒。」老爹回答：「他今天出發了。我喝太多酒，所以在這裡過夜。」

神情有些羞赧。

「那恭喜你了。」佐野說得很順口。中日戰爭剛開打時，佐野總是難以啟齒說出這種賀詞，不過現在已經能脫口而出，可能是心情也逐漸一致了。佐野認為，這是好事。

「因為他很疼愛這個侄兒，」小姐機靈而沉著地說明：「所以昨晚很難過，就在這裡過夜了。這不是壞事喔。我也想給老爺爺打氣，所以早上特地去買花送他，還拿這面國旗為他送行。」

「妳家是開旅館的嗎？」佐野一無所知。小姐和老爹都笑了。

到了車站，佐野和老爹上了巴士。小姐在窗外揮舞國旗說：

「老爺爺，不可以沮喪喔。每個人都要去的。」

巴士開動了。佐野不知為何很想哭。

真是好人，那位小姐真是好人，我想和她結婚。佐野一臉認真如此對我說，但我無言以對。因為我已經明白怎麼回事。

「你還真笨啊。你怎麼會這麼笨呢！那個小姐才不是旅館的千金。你仔細想想，她在六月一日，一早就大搖大擺出來散步、釣魚，到處玩，可是其他的日子不能玩。後來她都沒再出現不是嗎？這也難怪，因為她每個月只休息一天。懂了吧？」

「對哦，難道是咖啡館的女侍？」

「是這樣還好，不過好像不是。那個老爹，不是羞赧地看著你嗎？他是為了過夜感到羞赧吧？」

「啊！我懂了！搞什麼嘛！」佐野握緊拳頭，重重地往桌上搥。他似乎更堅定地覺悟，既然如此，只好當小說家，別無他法。

千金小姐。我覺得那位香魚小姐，比好人家出生的千金小姐好上千萬倍，她才是真正的千金小姐。啊，但也許我真的是個俗人，若這種境遇的小姐要和我朋友結婚，我一定反對到底。

十二月八日

今天的日記要特別用心寫。我來寫一九四一年十二月八日，日本的貧困家庭主婦如何渡過一天吧。或許百年後，日本舉行紀元[1]兩千七百年的美麗祭典時，我這本日記會在某個倉庫一角被發現，因此得知百年前的重要日子，我們日本主婦過著什麼樣的生活，也許會成為歷史的參考資料。所以儘管我的文筆不好，也絕對不能說謊。寫的時候一定要把紀元兩千七百年考慮進去，真是一大工程。但我就別想得太嚴肅吧。據外子的批評，我的書信和日記之類的文章，內容正經，而且感覺很遲鈍，完全沒有感情，所以文章一點都不美。真的，我從小就拘泥於禮儀，雖然心裡

1 紀元是日本的紀年體，自日本初代天皇神武天皇即位元年算起。一九四〇年是日本紀元兩千六百年。

不是那麼一板一眼，但總顯得僵硬彆扭，不敢天真無邪地笑鬧撒嬌，真的很吃虧。或許是太貪心造成的。我該好好反省一下。

說到紀元兩千七百年，我立刻想起一件事。那是既愚蠢又好笑的事，日前外子的朋友伊馬先生，久違地來家裡玩，那時我在隔壁房間聽他們在客廳談話，不禁噗嗤失笑。

「話說，這個紀元兩千七百年的慶典時，是會念成兩千NANA百年呢？還是兩千SHICHI[2]百年呢？我很在意，也很擔心，搞得我有點煩悶。你不會在意嗎？」伊馬先生說。

「嗯……」外子也認真思考，「經你這麼一說，我也非常在意。」

「對吧！」伊馬先生一本正經說：「我總覺得，好像會念NANA百。不過就我個人的希望來說，我希望能念SHICHI百。念NANA百的話，我不太能接受，總覺得沒水準，又不是在說電話號碼。這麼隆重的事，應該用正式一點的讀音。我希望到時候能念SHICHI百。」

伊馬先生以真心憂慮的語氣說。

「可是，」外子非常裝模作樣地陳述意見：「或許百年之後，沒有SHICHI百，也沒有NANA百，而是出現了截然不同的讀法，譬如NUNU百。」

我不禁噴笑，真的有夠扯。外子總是正經八百，和客人聊這種可有可無的事。感情豐富的人真的不一樣。我的丈夫靠寫小說維生。不過他很懶散，因此收入微薄，日子也是過一天算一天。他都寫些什麼呢？因為我決定不看他的小說，所以也無法想像。不過好像寫得不太好。

啊，我離題了。這樣東拉西扯地寫，無法寫出能保留到紀元兩千七百年的好記錄。重來一次。

十二月八日。清晨，我在棉被裡，一面急著想去做早餐，一面給園子（今年六月生的女兒）餵奶時，清晰地聽著不曉得從哪傳來的收音機廣播聲。

「陸海軍總部宣告，日本帝國陸海軍於今天八日黎明，在西太平洋與英美軍進入戰鬥狀態。」

2 日文的「七」，可念成NANA（なな），也可念成SHICHI（しち）。

這段廣播猶如一道強光，從緊閉的木板套窗射入我昏暗的房裡，聲音清晰且強烈。接著又朗聲重複一次。靜靜聽著這段廣播之際，我整個變了一個人，覺得強烈的光線把我的身體照成透明。也像是接收了聖靈的氣息，讓一枚冰冷的花瓣寄宿在我的心裡。日本也從今晨起，變成不同的日本了。

我想告訴睡在隔壁房間的外子，才說了一句：「老公……」他旋即回答：

「我知道啦！我知道！」

語氣有點兇，似乎很緊張的樣子。他向來很晚起床，唯獨今天一大早就醒了，實在有點怪。可能是藝術家的直覺特別強，所以預先感受到什麼吧。這讓我有點佩服，不過他接下來說出非常離譜的話，所以又扣了幾分。

「西太平洋在哪裡啊？舊金山那邊嗎？」

我失望透頂。不知道怎麼搞的，外子毫無地理知識。有時我甚至覺得，他連東西方都搞不清楚吧。前些時候他還跟我說，南極是最熱的，北極是最冷的，聽得我甚至懷疑他的人格有問題。去年，他去佐渡旅行，回來後跟我說，他從汽船上眺望佐渡的島影，以為那是滿州[3]，簡直亂七八糟。這樣居然能考上大學，真叫人傻眼。

「所謂西太平洋，應該是日本這邊的太平洋吧。」

我如此一說，他不悅地應了一句：

「是嗎？」然後沉思片刻說：「可是，我還是第一次聽到。美國是東方，日本是西方，這多噁心啊。日本可是日出之國，也稱東亞。我一直認為太陽是從日本昇起的，可是這樣就不對了呀。日本若不是東亞，實在難以接受。難道就沒有日本是東方，美國是西方的說法嗎？」

他說的話都很奇怪。他的愛國心也很極端，日前還莫名其妙地自豪說，洋鬼子再怎麼耀武揚威，也不敢吃這個鹹鰹魚，我們可是什麼西餐都敢吃喔。

我不理外子那奇怪的嘟囔，立刻起身打開木板套窗。天氣很好，但氣溫凍寒。昨夜晾在屋簷的尿布也結凍了，院子裡也落霜了。山茶花凜冽綻放。一片靜謐。太平洋明明開始戰爭了，實在不可思議。我深切感受到日本這個國家的難能可貴。

3 中國的東北。

我去井邊洗臉，然後要洗園子的尿布時，隔壁太太也出來了。互道早安之後，我說起戰爭的事：

「接下來會很辛苦啊。」

不久前隔壁太太才當上鄰組長[4]，她以為我在說這件事，一臉難為情地回答：

「哪裡，我什麼都不會啊。」

反倒是我不好意思起來。

我猜隔壁太太倒也不是沒想到戰爭的事，一定是對鄰組長的重責大任感到很緊張，所以我反而對她過意不去。今後鄰組長確實也會很辛苦。因為和演習的時候不同，萬一空襲真的來了，她的責任重大。我或許會背著園子去鄉下避難，而外子會獨自留在這裡守護這個家吧。他才是什麼都不會的人，或許什麼都派不上用場，真叫人擔心。其實我之前就叫他做些準備，可是他連國民服[5]都沒準備，萬一要穿就麻煩了。他是很懶的人，我若默默幫他準備好，他雖然會念：「這是什麼東西呀。」不過內心應該會鬆一口氣，也願意穿上吧。可是他的尺寸特別大，萬一買回來不合身也不行。真的很難啊。

外子今天在七點左右起床，早餐也很快地吃完，立刻著手工作。這個月好像有很多瑣碎的工作。吃早餐時，我不由得說：

「日本真的不要緊嗎？」

「就是不要緊才打的，一定會贏。」

外子答得慎重其事。雖然他向來謊話連篇，壓根兒靠不住，但這次鄭重其事地說這句話，我堅信不移。

我在廚房收拾時也想了很多。難道只是眼睛、頭髮的顏色不同，就嚴重到興起敵愾之心？想把對方打得七零八落。這種心情和中國打仗時截然不同。那些像野獸般沒神經的美國大兵，真的會慢吞吞地走在如此親切美麗的日本國土上？光是想到這個，我就受不了。他們要是敢踏進這塊神聖的土地一步，腳會爛掉吧。因為他們沒有這種資格。日本的英挺士兵，請消滅他們吧。今後我們的家庭也會面臨物資嚴

4 鄰組為二次大戰時日本社區居委會的下級組織，鄰組長負責策畫執行社區內資訊傳達、糧食與其他生活必需品的配給，以及防空防火等工作。

5 日本於一九四〇年太平洋戰爭期間發布的日本國民男子標準服，類似軍服。

重賈乏，遭逢許多苦難吧。但請不用擔心。我們無所謂。我們不會有任何怨言，也不後悔生在如此艱辛的時代，反倒認為生在此時更有生存價值。甚至覺得有幸生在這個時代。啊，我好想找人多談一點戰爭的事。例如，開打了啊，終於開始了啊。

收音機從剛才就一直播放軍歌。拼命地播。一首接著一首，播放各種軍歌。不曉得是不是沒歌播了，連「管他敵人千千萬」這種八百年前的軍歌都播出來，害我一個人不禁失笑。我喜歡廣播電台的天真無邪。我家因為外子很討厭收音機，所以從沒買過。而我過去也沒想過要收音機，但是現在，我好希望能有一台收音機。我想聽很多很多新聞。跟外子談談看吧，我覺得他會買給我。

近中午時，重大新聞接踵傳來，我實在受不了了，抱著園子到外面去，站在隔壁鄰居的楓樹下，側耳傾聽隔壁的收音機。馬來半島奇襲登陸；攻擊香港；宣戰詔書。我抱著園子，不停地流淚，好難過。回家後，我將剛才聽到的新聞告訴工作中的外子。外子全部聽完後，說：

「這樣啊。」

說完笑了笑，站了起來，又坐下去。一副坐立難安的樣子。

中午過後不久，外子終於完成一件工作，帶著稿子匆匆出門。他是送稿子去雜誌社，不過看他那個樣子，可能又會很晚回來。他那樣逃跑般匆匆出門時，通常會很晚回來。不管多晚回來，只要不在外面過夜，我倒是無所謂。

送外子出門後，我烤了沙丁魚乾串，簡單吃完午餐後，背著園子去車站買東西。途中，順道去龜井家。因為外子的鄉下老家寄了很多蘋果來，我包了一點，想送給龜井家的悠乃（可愛的五歲女孩）。悠乃站在門口，抬頭看到我來，立刻趴噠趴噠跑去玄關，對著裡面叫：「媽媽！園子來了喔！」園子在我背上，對龜井夫婦大大地展露笑容。龜井太太直呼「好可愛，好可愛哦」誇獎園子。龜井先生穿著夾克，看起來非常威武地走來玄關，聽說他剛才還在簷廊的下面鋪草蓆。

「妳好。在簷廊的下面爬來爬去，痛苦的程度不亞於敵前登陸。一身髒兮兮的，抱歉。」龜井先生說。

究竟為什麼要在簷廊的下面鋪草蓆？是空襲時要爬進去嗎？真是怪了。

但龜井先生和外子不同，他真的很愛家，讓我好生羨慕。據說他以前更愛家，但外子搬來這附近後，教龜井先生喝酒，所以現在變得有點混。龜井太太也一定很恨外子吧。

龜井家的門前，擺著拍火的拍子和形狀怪異很像釘耙的東西，似乎對戰爭已有所準備。但我家什麼都沒有。因為外子太懶，無可奈何。

「哇，你們都準備好了。」

我這麼一說，龜井先生精神奕奕地回答：

「是啊，畢竟我是鄰組長嘛。」

龜井太太在一旁小聲訂正：

「其實他是副組長，因為組長年事已高，所以由他代理組長的工作。」

龜井太太的先生真的很勤快，和外子有天壤之別。

收了他們回送的甜點，我在玄關告辭。

接著去郵局領取《新潮》的稿費六十五圓，然後去市場。市場還是老樣子，沒什麼東西。果然還是只能買烏賊和沙丁魚乾串。烏賊兩隻，四十錢。沙丁魚乾串，二十錢。我在市場又聽到收音機廣播。

廣播陸續發表重大新聞。空襲菲律賓、關島；襲擊夏威夷；殲滅美國艦隊；帝國政府聲明。我慚愧得渾身發抖，很想感謝大家。我默默地站在市場的收音機前，不久有兩、三個女人說：「我們也去聽吧。」聚集到我旁邊來。兩、三個人，變成四、五個人，最後將近十人。

離開市場後，我去車站前的商店幫外子買香菸。城鎮的景象絲毫沒變，只是賣菜的店門口，貼上了新聞報導。店面的模樣，人們的交談，也和平常沒有兩樣。這種肅靜的氛圍，讓人感到踏實。今天有一點錢，我大膽買了我的鞋子。我完全不知道連這種東西，這個月起三圓以上就要課兩成稅。早知道上個月底就買了。不過這時候囤積物品是卑鄙無恥的事，我不喜歡。鞋子花了六圓二十錢。我還另外買了面霜三十五錢，信封三十一錢，然後回家。

回家不久，早稻田大學的佐藤同學來訪，說決定一畢業就要入伍，前來辭行。很不巧地，外子不在家，實在遺憾。我只能打從心底致意，請保重。佐藤同學剛走，帝大的堤同學也來了。可喜可賀堤同學畢業了，但也隨即決定接受入伍體檢，結果是第三乙種體位，他說很遺憾。佐藤同學和堤同學，以前都留長髮，現在都理了大光頭，使我不禁感慨萬千，學生也真的很辛苦。

傍晚，許久不見的今先生也拄著手杖來了，因為外子不在，真的很遺憾。因為他大老遠專程來到三鷹這種郊區，外子卻不在，又得馬上大老遠地回去。歸途上，他心情一定很差吧。想到這裡，我心情也黯淡了下來。

正要做晚飯時，隔壁太太來找我商量，說十二月的清酒配給券下來了，可是鄰組九戶人家只有一升券六張，該怎麼辦？我原想照順序輪流分配，但九戶人家都想要，所以決定把六升分為九份，立刻蒐集瓶子去伊勢元酒鋪買酒。因為我正在做晚飯，沒跟著去。但告一個段落後，我背著園子要去看看情況時，在途中看到鄰組的人各抱著一瓶或兩瓶酒回來了。我連忙上去抱了一瓶，和大家一起回來。然後在隔壁的組長家玄關，將酒分成九等份。把九個容量一升的酒瓶排成一列，仔細比較分量，一定要分成一樣高。要把六升酒分成九份，實在很不容易。

晚報來了。難得有四頁。斗大的鉛字印著「帝國向英美宣戰」。內容大致和我今天聽到的廣播新聞一樣。但我還是從頭到尾，一字不漏地看，再度深受感動。

一個人吃晚飯，然後背園子去澡堂洗澡。啊，把園子放進熱水裡，是我生活裡最最最開心的時候。園子很喜歡熱水，把她放進熱水裡，她都好高興。在熱水中縮著手腳，仰著小臉，凝神看著抱她的我。她或許覺得有些不安吧。別人也似乎覺得自己的寶寶最最可愛，可愛得不得了，幫寶寶洗澡時都會用臉頰磨蹭著寶寶。園子的肚子，圓得像用圓規畫出來的，白嫩的宛如橡膠球，這裡面有小胃小腸，真的什麼都齊備了嗎，真是不可思議。然後肚子正中央的下方，有個梅花般的小肚臍。還有她的小手小腳，都好美好可愛，總是令人看得陶醉忘我。無論穿再美的衣服，都比不上裸身可愛。每當洗完澡要幫她穿衣服，我都覺得很可惜。好想多抱一下裸身的她。

去澡堂時，天色明明還很亮，但回家時，連路上都一片漆黑，因為燈火管制。這已經不是演習，使我異常緊張。可是儘管燈火管制，這也未免太暗了。我沒走過如此漆黑的道路，只能一步一步，摸索前進，偏偏路又太遠，委實艱難困頓。從那片「獨活田[6]」進入杉林時，那真是暗到伸手不見五指。我忽然想起念女學校四年級[7]時，在暴風雪中，從野澤溫泉滑雪到木島的驚懼。當時背的是登山包，現在背

6 獨活即土當歸。
7 日本舊制女子高中，通常要讀五年。

的是沉睡的園子。園子一無所知睡得很沉。

驀地，背後傳來一個男人荒腔走板高唱「天皇徵召我」，踩著粗魯的步伐走來。因為他的咳嗽聲頗具特色，「咳咳」連咳兩聲，我立即知道他是誰。

「背著園子很難走路啊。」

我如此一說，他大聲回答：

「這算什麼。你們沒信仰，才會覺得這種夜路很難走。我有信仰，所以走夜路就跟大白天一樣。跟我來！」

說完便率先邁步走去。

我真搞不懂他是清醒的嗎？真是令人傻眼的丈夫。

羞恥

菊子，我好丟臉哦。這個臉真的丟大了。羞得我滿臉通紅，臉頰噴火都不足以形容。恨不得在草原上翻滾「哇！」的大叫，就算這樣，也不足以形容我的羞恥。《撒母耳記下》有一段記載可愛的妹妹他瑪：「他瑪將灰燼撒在頭上，撕裂所穿的彩衣，以手抱頭，一面行走，一面哭喊。」可愛的女孩羞愧得不知如何是好，真的會想哭，會把灰抹在臉上吧。我明白他瑪的心情。

菊子，妳說的果然沒錯，小說家是人渣呀。不，是魔鬼。很過分。我真的丟臉丟大了。菊子，這件事我一直瞞著妳，其實我偷偷寫信給小說家戶田先生。然後終於見到他，但我卻出盡洋相。氣死我了。

我就從頭說起，全部跟妳說吧。九月初，我寫了一封信給戶田先生，寫得非常裝模作樣。

對不起。明知冒昧，我還是寫信給您。我猜閣下的小說，大概沒有半位女性讀者。女人，只讀廣告很多的書報。女人沒有自己的喜好，看書是基於虛榮心，因為別人在看，所以自己也要看。女人通常很尊敬賣弄學識的人，對那種無聊的理論相當買帳。恕我失禮，閣下根本不懂理論，也沒有什麼學問。我從去年夏天開始讀閣下的小說，幾乎全部拜讀過了。所以我不用與閣下見面，對您身邊的事、容貌、風采，也幾乎瞭如指掌。我確定閣下沒有半位女性讀者。因為閣下將自己的貧寒、吝嗇、不堪的夫妻吵架、下流的疾病，還有醜陋的容貌、骯髒的穿著、啃著章魚腳喝燒酎、抓狂胡鬧、睡在地上、債台高築，還有其他很多不名譽的髒事，毫不掩飾地告白出來。這是不行的。女人天生重視清潔。讀了閣下的小說，儘管覺得您很可憐，可是當讀到閣下的頭頂開始禿了，牙齒也鬆動掉了好幾顆，實在太慘了，我憐憫之餘不禁苦笑。對不起，我都要輕蔑您了。更何況，閣下還去那種難以啟齒的不乾淨場所找女人吧。這已無法挽回。我讀到這裡，甚至捏起鼻子。女人，所有女人都皺起眉頭輕蔑閣下，也是理所當然。我背著朋友，偷偷讀閣下的小說。要是朋友知道我讀閣下的東西，可能會嘲笑我、質疑我的人格，最後和我絕交吧。所以也請閣下反省一下。儘管我認為閣下是個沒有學問、文章拙劣、人格卑下、思慮不周、腦筋很差，有著無數缺點的人，但我也在底層發現一貫的哀愁。我很珍惜這份哀愁感，別的女人是不懂的。誠如前面提過，女人看書只是為了虛榮，因此很愛閱讀場景發生在看似有氣質的避暑勝地的戀愛小說，或是思想性小說，可是我並非如此，我更相信閣下小說底層那種哀愁也是尊貴的。請閣下不要對自己醜陋的容貌、過去的穢行、或是拙劣的文章感到絕望，請好好珍惜閣下獨特的哀愁感，同時也注意健康，稍微學一點哲學與外文，讓閣下的思想更有深度。若閣下的哀愁感，將來能做哲學性的整理，閣下的小說就不會像現在這樣被嘲笑，閣下的人格也會更完整。等到閣下完成的那天，我也摘下我的面具，表明姓名住址，希望能和閣下見面。但現在我只能聲援閣下。有一點我必須聲明，這不是書迷寫的信。請別拿去給閣下的夫人看，炫耀您也有女書迷，這種事情太低級了。我也有自尊。

菊子，我竟然寫了一封這樣的信。通篇閣下閣下地稱呼他，總覺得有點彆扭，可是直呼「你」，我和戶田先生年齡又差太多，更何況也太親密，我才不要呢。萬一戶田先生一大把年紀了還不懂事，竟臭美起來有非分之想，那就傷腦筋了。我又沒有尊敬到想叫他「老師」，再說戶田先生也沒什麼學問，叫他「老師」也很不自然。所以我就決定稱呼他為「閣下」，不過「閣下」這個詞真的有點怪。可是寄出這封信，我的良心也不曾受到譴責。我認為這是一件好事。能夠對可憐之人，盡一點微薄之力，我心情很好。可是這封信，我沒寫名字和住址。因為我害怕。我怕他萬一穿得髒兮兮喝醉酒跑來我家，我媽一定會嚇壞的。說不定還會威脅我們借他錢。總之他是一身惡習的人，不曉得會做出什麼可怕的事。我想當永遠的匿名女人。不過，菊子，這件事並沒有成功，而且變得很糟糕。因為之後不到一個月，發生了我必須再寫信給戶田先生的事。而且這次，我把真實姓名和住址都清楚地告訴他了。

菊子，我好可憐哦。我把當時那封信的內容告訴妳，妳就會明白大致的情況。以下是信的內容，請別笑我。

戶田先生，我十分震驚。為什麼您能查出我的真實身分？沒錯，我真正的名字是和子，是教授的女兒，二十三歲。我拜讀您在本月《文學世界》的新作，頓時嚇得瞠目結舌，我完全被您巧妙地揭露了。您是怎麼知道的呢？而且連我的心情都看穿了，您在作品中甚至放出辛辣的一箭，說什麼「甚至有了淫蕩的幻想」，雖然寫得有些過火，但我認為這是您驚異的進步。我那封匿名信，竟立刻引發您的創作欲望，對我而言也是開心的事。只是我萬萬沒想到，一位女性的支持，竟可以讓作家如此明顯奮起。據說，雨果和巴爾札克等大作家，也是多虧了女性的保護與慰藉，才創作出許多不朽傑作。因此我也下定決心，雖然能力有限，我也要幫助您。請您好好寫作。我會時常寫信給您。這次您的小說裡，對女性心理做了些許剖析，確實是一種進步，很多地方也寫得入木三分令人佩服，但仍然有不到位之處。我是個年輕女性，所以今後也可告訴您很多女性心理。我認為您是很有希望的作家，作品也會愈寫愈好。請您再多讀一點書，培養哲學內涵。哲學涵養不足的話，很難成為偉大的小說家。如果您遇到什麼痛苦的事，請別客氣寫信給我。反正我都被您識破了，所以也不再匿名。信封上寫的就是我的姓名住址。請放心，這不是假名。有朝一日，當您完成自己的人格時，我一定和您見個面，在那之前，請原諒我只能和您通信。這次真的嚇到我了。您居然連我的名字都知道。您一定是收到我的信興奮之餘到處張揚，把信拿給您的朋友們看，然後藉著郵戳之類的線索，請報社朋友幫忙，終於查出我的名字。沒錯吧？男人收到女人的信，總是會立刻到處張揚，真的很討厭。為什麼您會知道我的名字，甚至知道我二十三歲，請寫信告訴我。我們持續保持通信吧。從下次起，我會寫更溫柔的信給您。請自重。

菊子，我此刻在抄寫這封信，好幾次都快哭出來了，感覺渾身冒汗。希望妳能明白我的心情。其實我搞錯了。人家才不是在寫我，根本沒把我當一回事。啊，我好丟臉，真的丟臉死了。菊子，妳要同情我喔。我會把事情說到最後。

戶田先生在本月《文學世界》發表的短篇小說〈七草〉，妳看過了嗎？內容是一個二十三歲的女孩，因為害怕戀愛，討厭心醉神迷，結果嫁給了一個六十歲的老富翁，可是婚後她仍然抑鬱寡歡，最後走上自殺一途。故事有些露骨且灰暗，但也顯現出戶田先生的獨特風格。我讀了這篇小說，一直以為他是以我當模特兒寫的。我讀了兩、三行便如此認定，嚇得臉色鐵青。因為那個女生的名字和我一樣，都是和子；年齡也一樣，都是二十三歲；父親也是大學教授，根本完全一樣嘛。雖然其他身世背景和我截然不同，但不知為何我就是死心眼地如此認定，他一定是從我的信獲得靈感而創作的。這是奇恥大辱的源頭。

四、五天後，我收到戶田先生的明信片，上面如此寫著：

敬覆者，來函收悉，感謝您的支持。此外，您之前的來函，我也確實拜讀過。至今，我從未將別人的來函拿給家人看，加以取笑。此等失禮之事，我從未做過。我也不曾拿信給朋友看，到處張揚。這一點，請您放心。至於您說，等我的人格完成時才要與我見面，人真的能靠自己完成自己嗎？書不盡言。

果然是小說家，真會講話。我覺得被將了一軍，十分懊惱。茫然恍神了一整天，到了隔天早上，我忽然很想見戶田先生。我非得見他一面。他現在一定很痛苦。要是我不去立刻見他，他或許會墮落。他一定在等我。去見他吧。於是我連忙開始穿衣打扮。可是菊子，去探訪住在大雜院的貧困作家，可以打扮得光鮮亮麗嗎？當然不行。某個婦女團體的幹事們，戴著狐毛圍巾去視察貧民窟，不是引起軒然大波嗎？我得小心才行。根據戶田先生的小說所言，他沒有一件像樣的衣服，只有一件棉花外露的破棉襖。家裡的榻榻米破損，他也只是鋪了一堆報紙，就這樣坐在上面。我要是穿最近新做的粉紅洋裝，去那麼貧困的家裡，只會害他的家人惶然自卑，那是非常失禮的事。於是我穿了以前念女校時滿是補丁的裙子，還有以前去滑雪時的黃色夾克，這件夾克已經變得很小，穿上去兩隻手都露到手肘，袖口也已綻線掉出毛線，應該是很恰當的衣服。此外我從戶田先生的小說得知，每到秋天他就飽受腳氣病所苦，所以我用包袱巾包了一條毛毯，打算帶去送給他。我想勸他工作時，用毛毯裹著腳。我背著媽媽，從後門溜出去。菊子妳也知道，我的門牙有一顆是可以取下的假牙，我在電車裡偷偷取下那顆假牙，故意把自己弄醜。記得戶田先生牙齒鬆動也掉了好幾顆，為了讓他安心、不覺丟臉，我也打算讓他看到我缺牙的模樣。還有頭髮也故意弄得亂七八糟，變成又醜又窮的女人。想安慰弱勢無知的窮人，必須十分用心。

戶田家位於郊外。我在省線電車下車後，問了派出所，倒是很輕易就找到戶田家。菊子，戶田家並非大雜院。雖然小小的，卻是一棟獨門獨戶，看起來很乾淨的房子。院子也整理得很漂亮，開了很多秋天的玫瑰花。一切都讓我出乎意料。打開玄關，鞋櫃上擺著一盆水盤菊花。一位沉穩且有氣質的夫人走了出來，向我行禮致意。我還以為我走錯家了。

「請問，寫小說的戶田先生，是這裡的人嗎？」我戰戰兢兢地問。

「是的。」夫人溫柔地回答。她的笑容美得令人眩目。

「老師，」我不假思索說出老師這個字眼。「請問老師在家嗎？」

夫人帶我到戶田先生的書齋，只見一個表情嚴謹的男人，端坐在書桌前。他穿的不是破棉襖。我不知道那是什麼料子，是一件深藍色質地頗厚的袷衣[1]，腰際繫著一條黑底白紋的角帶[2]。這間書齋有種茶室的氛圍，壁龕掛著一幅漢詩卷軸，那

---

1 縫有內裡的和服。

2 男子穿和服繫的腰帶，帶寬較窄，偏硬。

首詩，我一個字也看不懂。竹籃裡，插著優美的長春藤。書桌旁，堆著很多書。

一切截然不同。他既沒有缺牙齒，也沒禿頭，相貌端正，絲毫沒有不乾淨的感覺。我很懷疑，這個人會喝燒酎睡在地上？

「您和小說裡的感覺截然不同。」我重振精神說。

「這樣啊。」他答得雲淡風輕，一副對我不太有興趣的樣子。

「我今天來是想問，您是怎麼知道我的事？」我這麼說是想掩飾自己的窘態。

「妳說什麼？」他毫無反應。

「我隱瞞自己的姓名住址，卻讓老師識破了不是嗎？日前我寫信給您，首先就問這件事吧。」

「我對妳一無所知喔。真是怪了。」他以清澄的眼眸，直勾勾看著我，淺淺一笑。

「什麼！」我開始驚慌失措。「這麼說，你明明完全不懂我信裡的意思，卻什麼也不說，太過分了。你是把我當傻瓜吧。」

我好想哭。我怎麼會那麼自以為是。荒唐，實在太荒唐了。菊子，臉頰噴火真的都不足以形容我的無地自容。恨不得在草原上翻滾「哇！」的大叫，即便如此，也仍不足以形容我的羞恥。

「那麼，請你把那封信還給我。我覺得太丟臉了。請還給我。」

戶田先生一臉正經地點頭。他可能生氣了，認為我是很糟糕的傢伙，受不了我吧。

「我找找看。我無法把每天的信件都保存起來，說不定已經找不到了。晚點我請內人找找看。要是找到的話，我會寄給妳。兩封是吧？」

「是的，兩封。」我心頭一陣淒楚。

「聽妳說，我的小說好像和妳的身世很像，但我寫小說絕對不會影射任何人，全都是虛構的。更何況，妳寫的第一封信實在是……」他忽然閉口，低下頭去。

「對不起。」我是個缺牙，看起來寒酸的乞丐女。太小件的夾克袖口，綻線掉毛。藍色的裙子，滿是補丁。我從頭到腳，都被他輕蔑到底了。小說家是惡魔！騙子！明明不窮卻裝得一窮二白。明明相貌堂堂，卻說自己奇醜無比，藉以博取同情。明明飽讀詩書，卻假裝自己沒學問。明明很愛太太，卻謊稱夫妻每天吵架。明明沒什麼苦難，卻總是叫苦連天。我被騙了。於是我默默行了一禮，站了起來。

「您的病況如何？腳氣病。」

「我很健康。」

我還為了這個人帶毛毯來。這下又得帶回去了。菊子，我實在羞憤難耐，抱著包袱在回家的路上哭了。把頭埋在包袱裡哭得好慘。還被汽車駕駛臭罵：「混蛋！走路小心點！」

過了兩、三天，我那兩封信被裝在一個大信封裡，以掛號寄來了。我還帶著一絲希望。或許這個大信封裡，除了我的兩封信，還有老師寫給我的溫柔安慰信，可能寫什麼拯救我恥辱的好話。我抱著信封，然後祈禱，然後開封，但什麼都沒有。除了我那兩封信，什麼都沒有。但我仍不死心，說不定老師在我的信紙背面，猶如塗鴉般寫了什麼感想。我一張一張，仔細檢查信紙的正面與背面，可是什麼都沒寫。這是奇恥大辱。這下妳明白了吧，為什麼我想把灰抹在臉上。我覺得我已經老了十歲。小說家無聊透頂，簡直是人渣，淨寫些虛妄的事，一點都不浪漫。他冷眼輕蔑我這個生於普通家庭、穿著又髒又破的衣服、門牙還少了一顆的女孩，也不送我離去，一直擺出事不關己的風涼表情，太可怕了！這種人，根本是騙子吧。

雪夜的故事

那天，一早就下雪了啊。用毛毯為小鶴（姪女）改做的工作褲已經縫製完成，所以那天放學後，我順便將褲子送去中野的嬸嬸家。嬸嬸回送了我兩片魷魚乾。當我抵達吉祥寺車站時，天色已暗，積雪已達一公尺以上，但雪依然不停地飄落。因為我穿著長靴，心情反而很好，故意挑積雪深的地方走。一直走到我家附近的郵筒時，才發現用報紙包的、夾在腋下的魷魚乾不見了。雖然我是個漫不經心的糊塗蟲，但我從未掉過東西，可能是這晚看到積雪太興奮，走得蹦蹦跳跳，所以不小心搞丟了。我為此沮喪不已。只不過搞丟魷魚乾竟如此沮喪，實在粗俗到令人難為情，但這個魷魚乾，我是想送給嫂嫂的。我的嫂嫂，今年夏天要生寶寶了。聽說懷孕的人很容易餓，吃東西要吃兩份，連肚子裡寶寶的份一起吃。嫂嫂與我不同，她是個穿著端莊、舉止高雅的人，以前吃東西簡直像「金絲雀的鳥食」吃得很少，而且從不吃零食，但最近卻常常害羞地說肚子餓，忽然想吃奇怪的東西。前陣子我和嫂嫂一起收拾晚餐的碗筷時，她小聲地說：「啊，嘴巴好苦嘴巴好苦，好想嚼點魷魚乾。」我忘不了這件事，所以這天碰巧，中野的嬸嬸送我兩片魷魚乾，我滿心期待想偷偷送給嫂嫂吃，可是卻在路上搞丟了，我真的沮喪得要命。

你也知道，我家就哥哥、嫂嫂和我三個人。哥哥是有點怪的小說家，已經年近四十歲卻一點名氣也沒有，而且一貧如洗，身體不好常臥病在床，但唯獨嘴巴很厲害，有事沒事就叨念我們。可是他只會念我們，自己卻完全不幫忙做家事，所以嫂嫂連男人的粗活都得做，真的很可憐。有一天，我義憤填膺，氣呼呼地對哥哥說：

「哥哥，你偶爾也該背著包包去買菜吧。別人家的老公都會這麼做喔。」

「混蛋！我才不是那種粗俗的男人。聽好了，君子（嫂嫂的名字）妳也給我記清楚，就算我們一家會餓死，我也不會做出買東西回來囤積這種可悲的事，妳們要有這種心理準備。這是我最後的自尊。」

原來如此，真是了不起的覺悟。不過我哥的情況，究竟是為了國家著想而痛恨採購囤積的人們？還是根本自己懶得出門買東西？我也不知道。我的父母都是東京人，但父親長年在東北山形縣的公所上班，哥哥和我都出生於山形縣。父親在山形縣過世後，母親背著年幼的我，帶著年約二十歲的哥哥，三個人又回到東京。幾年前母親也過世了，現在我們家是哥哥、嫂嫂和我三個人。因為沒有所謂的故鄉，也不像別的家庭會收到鄉下老家寄來的食物，加上哥哥是個怪人，完全不和別人來往，所以也根本不會「得到」出乎意料又難得的饋贈，因此儘管只是區區兩片魷魚乾，送給嫂嫂的話，不知道她會有多高興。想到這裡，雖然是粗俗的事，但我實在捨不得那兩片魷魚乾，因此掉頭右轉，折回原來的雪路慢慢找。但怎麼找都找不到。在白色的雪路上，要找白報紙的紙包已經很難了，再加上雪下個不停，我走到吉祥寺車站附近，連一顆小石頭都看不到。我嘆了一口氣，重新拿好傘，抬頭看向漆黑的夜空，雪花如百萬隻螢火蟲狂亂飛舞。好美啊！道路兩旁的樹木被雪覆蓋了，樹枝不堪重負般往下垂，偶爾像嘆息般微微抖動。這幅景象，讓我彷彿置身童話世界，不由得忘了魷魚乾的事。這時我忽然靈機一動，就拿這幅美麗的雪景送給嫂嫂吧。比起魷魚乾，這是好上千萬倍的禮物。老是拘泥於食物實在很卑微，真的很難為情。

以前哥哥曾告訴我，人的眼球可以儲存景象。譬如盯著燈泡看一會兒，然後閉上眼睛，仍然可以在眼瞼裡看到燈泡吧。這就是最好的證明。關於這一點，哥哥說以前在丹麥也有過這樣的事，便將這則短短的浪漫故事說給我聽。雖然哥哥說的故事通常是瞎掰的，一點也不可靠，但那時哥哥說的這個故事，即便是說謊亂編的，我也覺得是個美麗的故事。

很久很久以前，在丹麥有個醫生，解剖船難過世的年輕水手屍體時，以顯微鏡觀察他的眼球，看到眼球的視網膜映出一家和樂融融的景象。他把這件事告訴小說家朋友，這位小說家立即對這神奇的現象提出見解。他說這位年輕水手因船難被捲進怒濤，之後又被沖上岸，這時他拼命抓到的是燈塔的窗緣，心想太好了，這下得救了，正想大聲求救時，忽然往窗裡一望，看到燈塔看守員一家人正和樂融融準備吃晚餐。他心想，啊，不行，要是我現在淒慘地大喊「救命啊！」會破壞這家人和樂融融的團聚。想到這裡，他抓著窗緣的手指逐漸沒力，這時剛好又一個大浪打來，把他捲到海裡去了。想必是如此吧。小說家更解釋，這位水手是世上最善良高貴的人。醫生也贊成他的看法。於是兩人隆重地埋葬水手的屍體。

我願相信這個故事。縱使在科學上是不可能的事，我也願意相信。我在那個雪夜，忽然想起這個故事，便想把美麗雪景收在我的眼底帶回家。

「嫂嫂，請仔細看我的眼睛。這樣妳肚子裡的寶寶會很漂亮喔。」

我想對嫂嫂這麼說。因為日前嫂嫂曾笑著拜託哥哥：

「請在我房間的牆壁貼上美人的畫像。這樣我每天看這幅畫，會生下美麗的寶寶。」

哥哥認真點頭應允：

「嗯，胎教是嗎？這很重要。」

於是哥哥將妖豔的「孫次郎」能劇面具照片，與可愛的「雪小面」能劇面具照片並排貼在牆上。到這裡還好，但接下來他竟把自己愁眉苦臉的照片，貼在這兩張能劇面具的照片中間。這樣不就無效了嗎？

「求求你，把你那張照片拿下來。看到這張照片我就想吐。」向來溫順的嫂嫂也受不了，合掌膜拜懇求哥哥，總算讓哥哥把這張照片撤下來。要不然嫂嫂看著哥哥的照片，一定會生下尖嘴猴腮的寶寶。哥哥的臉長得那麼奇怪，還自以為有點美男子。真令人傻眼。現在嫂嫂為了肚子裡的寶寶，一心一意只想看世上最美的景物。要是我把今天的雪景收入眼底，讓嫂嫂看的話，比起魷魚乾這種禮物，她一定會更高興千萬倍。

於是我放棄魷魚乾，在回家途中，盡可能眺望周遭的美麗雪景，不僅收入眼底，甚至要收入心底。帶著將純白美麗雪景收入心底的心情，我回到家立刻向嫂嫂說：

「嫂嫂，快看我的眼睛！我的眼底有很多非常漂亮的景色喔！」

「什麼？妳是怎麼啦？」嫂嫂笑著站起身，把手放在我肩上：「看妳的眼睛？到底發生了什麼事？」

「以前哥哥不是跟我們說過一個故事？剛剛看過的景色不會消失，會留在人的眼底。」

「他說的故事，我早就忘了。反正大多是騙人的。」

「可是，那個故事是真的喔。我只相信這個故事，所以，來吧，快看我的眼睛。我剛才看了好多美麗的雪景回來。快，快看我的眼睛。這樣一定會生下雪白肌膚的漂亮寶寶。」

嫂嫂一臉哀傷，默默凝視我的眼睛。

「喂！」

這時，在隔壁三坪大房間的哥哥出來說：

「與其看順子（我的名字）那無聊的眼睛，不如來看我的眼睛。我的眼睛更是效果百倍呢！」

「為什麼？為什麼？」

我氣得想揍哥哥。

「嫂嫂說看哥哥的眼睛會想吐。」

「不會吧。我這雙眼睛，可是看過二十年美麗雪景的眼睛喔。我在山形住到二十歲呢。順子在很小的時候、還沒懂事就來東京了，不知道山形的雪景有多美，所以看到東京這種小雪景才會大驚小怪。我的眼睛看過比這個美麗千百倍的雪景，多到數不清呢。所以不管怎麼說，我的眼睛都比妳好。」

我不甘願得快哭出來了。這時，嫂嫂站出來救我。她面帶微笑，靜靜地說：

「可是，你的眼睛雖然看過千百倍美麗景色，但相對的也看過千百倍髒東西。」

「對啊！對啊！比起正面的，負面的多太多。所以眼睛才會黃黃濁濁的。哇哈哈！」

「沒大沒小的丫頭。」

哥哥氣呼呼地返回隔壁的三坪大房間。

輯三　獨白

其他生物絕對不會有「祕密」，
那是只有人類才可能擁有的東西。

作家手札

今年的七夕，不同於往年，我感觸特別深。七夕是女孩的節日。這是女孩學編織、刺繡等針線活，希望手藝更為靈巧，向織女星祈禱的夜晚。據說中國慶祝這個節日，是在竹竿末端繫上五彩線；但日本是將五彩色紙，掛在剛從竹林砍下、帶著綠葉的青竹上，將它豎立在門口。繫在竹枝的色紙上，有著以歪歪扭扭的文字，寫著女孩們的祕密禱詞。那是七、八年前的往事，我去上州的谷川溫泉，那時發生了很多痛苦的事，因此我在山上的溫泉也待不住，便茫然地走到山麓的水上町。過了橋來到鎮裡，整個小鎮都在慶祝七夕，紅、黃、綠等五彩色紙在竹枝綠葉間飄揚，我見狀霎時活了過來，啊，大家都恭恭謹謹地活著。這次的七夕，比以往更濃郁鮮明地烙印在我心裡。此後數年，我沒看過七夕的竹飾。不，看是每年都在看，但都進不了我的心裡。然而不知為何，今年我格外留意三鷹町到處豎立的七夕竹飾，進而想更詳細地知道，七夕究竟是什麼意義的節日，因此查了兩、三本辭典。但無論哪本辭典都只寫「祈求手藝更靈巧的節日」。這對我來說是不夠的，因為我小時候聽過另一個更重要的意涵。這晚是牛郎星與織女星，享受一年一度的幽會之夜。小時候我甚至認為，那些繫在竹子上的彩紙吊飾，是對牛郎織女兩人表達今夜歡愉的祝賀；七夕是在人間界，祝賀天上牛郎織女的節日。但後來聽說，七夕是女孩祈求書法或針線手藝進步的夜晚，因此那些竹飾也變成祈願的供品，讓我覺得很奇怪。女孩真的很精明，凡事只為自己著想，堪稱老奸巨猾。竟趁織女心花怒放之際，要她聆聽自己的心願，未免也太現實狡猾。況且，這樣織女星多可憐。想好好享受一年一度的幽會之夜，下面的人間界卻吵吵鬧鬧，陳情蜂擁而至，難得的夜晚也會被搞得一團糟吧。可是這晚對織女星確實也是好日子，所以不得不傾聽人間界女孩的願望吧。女孩們逮到織女星的弱點，便毫不客氣大提願望。唉，女人在如此年幼時，便已如此厚臉皮。不過，男孩不做這種事。他們很懂禮數，不會在織女星有點害羞的夜晚，貪婪地提出願望。像我從小就不敢在七夕仰望夜空，只會在小小的心靈裡祈求，但願今夜無風無雨，願您能渡過美好的一晚。用望遠鏡眺望情侶一年一度的幽會情形，是非常失禮且低級露骨的行為。實在太丟臉了，我根本不敢眺望。

思索著這些事，走在七夕街頭，我忽然想寫這樣的小說。譬如約定只在每年七夕見一次面的凡塵男女；或是有什麼苦衷而分居的夫妻，七夕夜在女方家的門口，豎立一支繫有祈願色紙的竹飾。

但在構思小說之際不覺荒謬起來，忽然突發奇想，與其寫這種甜蜜的小說，乾脆自己實際去做做看吧。今晚接下來就去哪個女人家裡玩，然後若無其事地走人，接著明年七夕又跑去她家玩，然後也若無其事地走人。這樣持續五、六年後，才向那個女人表白：「妳知道我每年來找妳的夜晚，是什麼日子嗎？」然後笑著告訴她：「是七夕夜喔。」這樣我看起來或許意外是個好男人。我認真地點點頭，好，就從今夜開始。可是要去哪裡呢？無處可去。因為我討厭女人，所以不認識半個女人。不，或許正好相反。可能是不認識半個女人，所以討厭女人吧。總之，我連想找個女人都想不出要找誰，這是事實。我不禁苦笑，走到一家蕎麥麵店門口，看到豎立的七夕竹飾。色紙上寫著字。我駐足看了起來。那是歪歪扭扭的女童筆跡。

星星，請保佑日本。

我願真誠效忠天皇。

我心頭一驚。原來現在的女孩，絕不會在七夕任性自私地許願。這是相當清純的祈願。我一次又一次重讀色紙上的文字，無法立即轉身離去。我想，織女星一定會垂聽這個祈願。祈願，恭謹虔誠最好。

自一九三七年起，這個七夕也有了不同的意義。一九三七年七月七日，蘆溝橋那一發令人無法忘記的槍聲，把我不像話的幻想轟得煙消雲散。

小時候，每當逢年過節，就會有馬戲團來鎮上表演。他們還在搭帳篷時，壞小孩就迫不及待衝去，從帳篷的縫隙偷看裡面。我雖然害羞，但也跟在壞小孩的後面，努力模仿這種粗鄙的行為，提心吊膽偷看裡面。馬戲團的人在帳篷裡怒罵：「幹什麼！」孩子們「哇！」的一聲嘩然逃走。我也學他們害羞地「哇」了一聲趕緊逃跑。馬戲團的人追上來。

「你沒關係。你不用跑。」

馬戲團的人這麼說，抓住我一個人，並抱起我，帶我去帳篷裡看馬、熊，還有猴子。但我一點也不高興。我想和那群壞小孩一起被驅散。馬戲團搭帳篷用的圓木，可能是從我家借來的。我無法逃出帳篷，悶悶不樂，只能默默看著馬和熊。帳篷外，又有壞小孩偷偷跑來，在棚外喧譁。「幹什麼！」馬戲團的人又怒斥，壞小孩又跑掉。這樣真的很好玩。我卻只能哭喪著臉看馬。我好羨慕好羨慕那群壞小孩，覺得只有我一個人在地獄裡。有一次，我把這段往事跟某位前輩說。這位前輩告訴我，這是一種對民眾的嚮往。總有一天，這個嚮往一定會達成。而現在，我完全是民眾裡的一個人。穿著卡其色長褲、開襟襯衫，混在產業戰士群裡，走在三鷹町不會有人特別注意我。但是，果然踏進酒館就不行了。產業戰士泰然自若地喝燒酎，但我盡可能選擇喝啤酒。產業戰士個個精神奕奕。

「喝什麼啤酒，裝高尚啊，那有什麼用。」很明顯是衝著我大聲說。我只能弓著背，低頭喝啤酒。但啤酒變得很難喝。我想起小時候在馬戲團帳篷裡的孤寂。我明明一直把你們當朋友。

或許只當朋友還不夠，還必須尊敬才行。我嚴肅地這麼想。

從酒館回家的路上，我在井之頭公園的森林，遇見兩、三位產業戰士。其中一人，忽地擋在我前面，非常客氣地向我借火。我嚇了一跳，惶恐地遞出自己正在抽的香菸。剎那間，我想了很多事情。我是個很不會寒暄的人。別人問我：「お元気ですか？」[1]我總是支支吾吾，不知該如何回答。「元氣」指的是什麼狀態的事呢？「元氣」是個含糊不清的詞，難以回答的問題。查查辭典吧。「元氣」是支持身體的氣勢；精神活動的力量；一切事物的根本力氣；健康強壯；很有氣勢。於是我不禁思考，我現在有沒有氣勢？這是必須交給神明處理的領域，不是我能知道的事。所以被問到：「お元気ですか？」儘管我很想正確地回答，卻也只能落得支支吾吾，例如「哦，還好，就這樣啊。」或是「不過，嗯，大概這樣吧。」或是「不是這樣嗎？」淨是自己也搞不懂，莫名其妙的寒暄。我不擅長社交辭令。剛才這個年輕人從我的香菸借火，等一下會把我抽到一半的香菸還我吧。這時，這位產業戰士會向我說謝謝吧。我向別人借火時，也不會拖泥帶水，直接說謝謝。這是理所當然的事。但我通常會更有禮貌，脫帽彎腰，鄭重地說謝謝您。多虧這個人借我香菸引火，我才能抽根菸，這和所謂一宿一飯的恩情相同。然而相反的，若我借火給人點菸時，我真的不知如何寒暄。借火點菸是世上最微不足道的事，真的沒什麼。我甚至認為「借」這個字太誇張。自己的所有權並沒有蒙受任何損失，比借人廁所輕鬆多了。所以每當有人向我借火點菸，我總是不知所措。尤其對方脫下帽子，以非常客氣的語氣向我借火時，我總會害羞臉紅。那時我會盡量輕鬆地說：「哦，請。」若我剛好坐在長椅上，也會立刻站起來，面帶微笑，以對方容易拿取的方式，捏著香菸的另一端遞過去。若我的菸已抽得太短，我會說：「請點。點完之後請扔掉。」若剛好身上有兩盒火柴，我會送他一盒。即便只有一盒火柴，若裡面的火柴棒還很多，我也會分一點給他。這時，若他對我說：「不好意思。」我也能不慌不忙地回答：「不客氣。」但我又不是給人一根火柴棒，只是把自己正在抽的香菸遞過去給對方引火，真的沒什麼大不了，對方卻客氣地向我道謝，我就會窮於應

---

1 意指「你好嗎？」。接下來會就「元氣」展開思辨，在此以日文表記。

對，變得語無倫次。此刻我在井之頭公園的森林裡，一位年輕人頗為客氣地向我借火點菸。而且這位年輕人，明顯是產業戰士。剛才我在酒館裡嚴肅思索應該對這些人更尊敬，他就是當時坐在酒館裡的產業戰士之一。幾秒後，他一定會客氣地向我道謝，說謝謝你、不好意思之類的話。我實在禁不起這種事，大概連「不敢當」這種話都會說得磨磨蹭蹭。當他向我道謝，我該如何回應？各種寒暄的說法像賽璐珞小風車，以目不暇給的速度在我腦海旋轉。就在風車停止時，年輕人以開朗的語氣說：

「謝謝你！」

我也清楚地回答：

「勞駕您了。」

我也不知道這究竟是什麼意思。但我說完，對他點頭致意，走了五、六步後，心情好得不得了，身體也莫名地輕盈起來。真的很清爽。回家後，我一臉得意將這件事告訴內人，內人說我莫名其妙。

我家院子的樹籬邊有一口井。這口井是和後面兩戶人家共用。後面兩戶人家都是產業戰士之家。兩家的太太也都三十五、六歲，經常一起在井邊洗碗，以高八度的嗓音東拉西扯地聊天，一直聊一直聊，聊個不停。我有時索性不寫稿了，躺下來休息，有時也會感到頭痛。不過昨天下午，其中一家太太獨自在井邊洗衣服，一直反覆反覆唱著同一句歌詞。

我媽媽，是慈祥的媽媽。
我媽媽，是慈祥的媽媽。

就這樣唱個不停。我覺得很奇妙。這簡直在自吹自擂吧。這位太太有三個小孩。因為三個小孩都很愛她，她覺得很幸福在唱歌？又或者她憶起故鄉的老母親？不，不可能是這種事。我側耳傾聽這反覆的歌聲好一陣子，後來我懂了。這位太太什麼都沒在想，只是單純在唱歌。據說夏天洗衣服，算是女人家務事的一大樂事。她只是專心在享受洗衣樂趣。儘管現在大戰正打得如火如荼。

我想美國的女人絕不會如此美麗悠哉，或許早已怨氣沖天地牢騷抱怨了。畢竟她們是看到老鼠就會假裝昏倒的矯情女人。若說女人掌握了戰爭勝敗的關鍵，應該也不為過吧。我對戰爭的前景非常樂觀。

小相簿

專程光臨寒舍，卻沒什麼好招待的，實在過意不去。談文學論，我也已經厭煩。這沒什麼大不了，只是說別人的壞話不是嗎？而文學本身，我也厭倦了。這麼說如何？「他變成很討厭文學的文人了。」

真的喔。原本不好戰的國民，現在逼得必須挺身奮戰，個個都變得很強，所向無敵吧。你們也稍微討厭一下文學如何？真正嶄新的東西，是從這裡誕生的喔。

我的文學論也只有這樣，剩下的只有不會叫的螢火蟲，沉默的海軍吧。

你來家裡玩，我卻沒什麼好招待的，其實我感到很沮喪。要是有酒就好了，偏偏兩、三天前配給的酒，我當天就喝光了，真的很不巧。很想去外面喝酒吧，不過也很不巧，哇哈哈哈，我沒錢。這個月花得太兇，只能蟄居在家。我們慢慢來想今晚要玩什麼吧。

你是來玩的吧？因為不管去哪裡都被瞧不起，又阮囊羞澀，心想不如去D[1]那裡，或許還能散散心。正是因為做如是想，所以才來我家吧。真是我的榮幸。你如此仰賴我，我若辜負你的期待，未免太殘忍了。

好吧。今晚就給你看我的相簿。或許裡面會有有趣的照片。拿相簿出來招待客人，證明這傢伙沒什麼熱情。通常會拿相簿出來，是想隨便敷衍或想送客。你得小心點，不可以生氣。但我的情況並非如此。今晚碰巧沒有酒，也沒有錢，我又不想再談文學論，可是這樣讓你空虛地回去，我也於心不忍。所謂窮極之策，才拿出這本寒酸的相簿。原本，我很討厭讓別人看自己的照片。總覺得很失禮。除非是很親密的朋友，我是不給人看照片的。畢竟一個男人，老大不小了還做這種事很丟臉。我對照片這種東西，沒什麼興趣。我不喜歡拍攝，也不喜歡被拍，也不相信照片這種東西。所以，無論是自己的照片或別人的照片，我都不會好好保存。大多隨便放在抽屜裡，大掃除或搬家時甚至都會弄丟一些，存留在手邊的，真的寥寥可數。日前，內人整理了剩下的少許照片，做成這本相簿。起初我還不贊成，說她太誇張，後來慢慢看著這本相簿，也湧現些許感慨。但這是我很私人的感慨，別人看了或許會覺得這是什麼嘛，一點都不好看。反正今晚也沒別的話題，你專程來了我又沒啥好招待，這樣未免太煞風景，窮途末路之下只好拿出這本相簿。請念在我貧者一燈[2]的氣魄上，即便興趣缺缺也看看吧。

我要先聲明一下。這或許會變成笨拙的連環劇畫，請別笑，聽我說吧。

我沒有太古老的照片。誠如前面所說，因為搬家和大掃除，很多照片丟失了。通常相簿的第一頁，大多貼著自己父母的照片，但我的相簿沒有這種照片。別說父母的照片，我連親人的照片也沒有。啊，不，去年秋天，排行在我上面的姊姊和她年幼的長女，合拍了一張四寸的照片寄給我，真的只有這一張，沒有其他親人的照片。我並非故意排除親人的照片，只是十幾年前，我就沒和故鄉的親人通信，所以自然演變成這種結果。此外，通常相簿都有自己的嬰兒照或小學生照來助興，但我

1 太宰治的羅馬拼音為Dazai Osamu。
2 語出《阿闍世王授決經》，指不論奉獻多寡，誠心最重要。

的相簿也沒有這個。或許故鄉老家有這種相片，但我手邊沒有。所以光看這本相簿，別人可能看不出我的出身背景。仔細想想，這還真是一本令人發寒的相簿。翻開第一頁，主人翁已是高中生。真是唐突的第一頁。

這是H高中的禮堂，大約四十名學生，大家規規矩矩地排排坐。這些都是我的同班同學。班導師坐在第一排的中央。他是英文老師，常常誇獎我。不要笑，真的啦。這時候我可是很用功的。不只這位老師，還有兩、三位老師也常誇獎我。真的啦。我很努力想拼第一名，最後還是失敗了。站在第三排邊邊，有個矮冬瓜學生，唯有這個學生，我怎麼樣都拼不過他。這傢伙很會念書。別看他一臉呆樣，真的很會念書。他絲毫沒有拼勁十足的樣子，可是相當有實力，這才是真正會念書的人吧。現在他在朝鮮銀行上班，和他相比，我是個冒失的輕浮才士吧。你找找看，我在這張照片的哪裡？看得出來嗎？對，就是坐在班導師旁邊那個，看起來很輕浮，一臉傻笑的學生。才十九歲，就已經這麼會擺姿勢。真受不了。怎麼說？因為在笑呀。你看，這約四十人的學生裡，只有我一個在笑吧。這是在拍非常嚴肅的紀念照，我竟然在傻笑，實在太不像話，太不莊重了。為什麼會這樣呢？因為我在拍攝前，趁亂擠到第一排坐在老師旁邊，坐下來就笑了。真是令人傻眼的傢伙。這種人長大可能會變成神偷吧。不過出乎意料地，可能是在哪裡走偏了，不僅沒有當上頂尖神偷，還遭逢一連串的難堪失敗，往後十幾年，又哭又叫，還裝模作樣地無病呻吟，搞得雞飛狗跳。

看吧，這張照片就已暴露了愚蠢的本性。這一張也是高中時的照片，在租屋處的房間拍的，托腮抵著桌面，一副悠哉的樣子。這很做作吧。還柔軟地扭著上半身，像歌舞伎在表演打盹似的，右手掌輕輕貼著臉頰，嘴唇嘟得小小的，眼珠子上翻眺望遠方，實在蠢到無以復加。穿著藏青底碎白花和服，繫著角帶，這種穿著也有種奇妙的風塵味。這實在不行。襦袢[3]的領口束得緊緊的，看起簡直想用衣領勒頸死掉似的。真糟糕。我很想當場把這張照片撕掉，但撕了就太卑鄙了。因為我的過去，確實有過這種德行。可能是受到泉鏡花的壞影響。儘管笑吧。我不會逃也不會躲，我願接受懲罰，瀟灑地讓你看個夠。不過話說回來，這傢伙真的很糟糕。那

3 和服的內衣。

時候在高中裡，硬派和軟派對立，軟派學生經常被硬派學生痛毆，但我以這副大軟派的德行走在街頭，從來沒被打過，也沒被警告過。可能硬派學生看到我這副德行也覺得莫名其妙，對我敬而遠之。雖然我現在還是很蠢，但那時候比蠢更嚴重，簡直是妖怪。明明過著奢侈優渥的生活，卻非常厭世，還曾企圖自殺。那是個一切都莫名其妙的時代。雖說是大軟派，但也只是虛有其表，碰到女人就很膽小，只是胡亂裝模作樣。因為女人的事而實際發生問題，是上了大學以後。

這張是大學時代的照片。到了這個時期，我多少嘗到了生活的苦，臉上的表情也沒那麼古怪，服裝也是普通的制服制帽，看起來甚至有幾分疲憊蒼老。這時我已經開始和某個女人同居。不過這樣大模大樣地雙手交抱於胸，還是有點裝模作樣。不過拍這張照片時，我不得不稍微裝模作樣。站在我兩旁的美男子，你有印象吧？對，就是電影明星Y和T。還有蹲在前面的兩位小姐，也有印象吧？沒錯，就是女演員K和S。嚇到了吧。這是我剛進大學那年的秋天，有個人帶我去松竹的蒲田製片廠玩，就是那時候拍的紀念照。那時松竹的製片廠在蒲田。帶我去的是當時電影界很吃得開的人，那天我們很受歡迎。後面站著兩個胖胖的男人吧？戴眼鏡那個就是很吃得開的人，另一個皮膚白皙的是製片廠的廠長。這位廠長是個身段柔軟的人，即便我只是區區一介書生，他也沒有看不起我，十分客氣地款待我，也沒有商人的勢利眼，是個認真有禮的人。真的很令人佩服。我們在製片廠的中庭，和這些主要演員拍了紀念照。雖然Y和T被世人稱為英俊瀟灑的美男子，但看在我眼裡，我並不覺得他們有多帥，三個人站在一起，我覺得我應該是最英俊瀟灑的吧，所以才大模大樣地雙手交抱於胸。後來我收到這張照片時，果不其然覺得很糟糕。我怎麼就擺脫不了這種土氣。Y和T看起來很清爽吧。我就像在兩匹賽馬的中間，一隻呆立著的駱駝。我怎麼一副鄉巴佬的模樣呢？而且還自以為帥氣地雙手交抱於胸。我真是很自戀的男人。直到最近我才明確地知道，我有很厚重的鄉下味。不過現在，我已不再為自己的粗俗感到那麼可恥了。

學生時代的照片，只有這三張。之後三、四年的生活過得亂七八糟，也沒有多餘的心思拍照，縱使有人好奇想拍我當時的照片，我也不斷地動來動去，絲毫不肯停下來，對方也只能放棄他的拍攝計畫。儘管如此，應該還有兩、三張穿著藍色工作服，站在銀座巷子裡酒吧前的照片，不知什麼時候不見了。但我絲毫不覺得可惜。

過了一段紛爭不斷亂糟糟的日子，甚至還大病一場，終於出院後在千葉縣的船橋郊外租了一間小房子，那時開始過著半養病的生活，拍的就是這張照片。很瘦吧？這才叫皮包骨。看起來不像我的臉吧？我自己看了都覺得有點恐怖，簡直像爬蟲類。那時我也覺得自己活不久了。我的第一本作品集《晚年》就在此時出版，這本作品集的初版放的就是這張照片。我把它當作「晚年的肖像」，但我到現在都還沒死，就像白天的螢火蟲，不堪入目地慢吞吞到處走著。後來胖了很多，看看這張照片。我在船橋待了兩年，又來到東京，也和之前同居六年的女人分手了，獨自住在東京郊外的租屋處，整天無所事事就胖成這樣了。這張照片就是因為太胖，笑得很難為情。最近我又瘦了些，不過在那個租屋時代，我胖得像一隻鼴鼠。我第二本作品集《虛構的徬徨》就是插入這張照片。有個朋友說，這酷似鴨嘴獸。另一個朋友安慰我，說像喜劇演員道格拉斯，還吵著要我請客。總之，我胖得不像話。這麼胖，即使擺出落寞的神情，也無法顯現出來吧。那陣子，我又胖又寂寞，可是寂寞卻顯現不出來，就變成這種窘笑的表情了，所以誰都不會同情我。你看，這張蹲在湖邊，好像在低頭沉思的照片。這是那時候，前輩們帶我去三宅島玩所拍的照片。

我心情非常落寞，一個人蹲在那裡，但若冷靜批判，這姿勢像是懶洋洋在打瞌睡，絲毫不見憂愁的影子。這是「島王」A先生，趁我不注意偷拍的，然後放大成這麼大寄來給我。A先生是島上的首富，喜愛作詩，過得像島上國王般的優渥生活。這趟旅行也是A先生招待的。這時我們一行人，受到他無微不至地照顧。但懶得寫信的我，至今尚未寫封謝函向他致意。前陣子三宅島火山爆發，我也很擔心他的情況，卻依然懶得寫信，連一封慰問信也沒寫。國王可能也很失望，覺得東京的作家怎麼這麼不懂人情世故吧。

接下來是住在甲府時的照片。這時稍微又瘦了下來。當時我從東京郊外的租屋處，帶著一只皮箱去旅行，然後就直接住在甲府了。兩年後，我在甲府結婚，接著搬到三鷹這裡來。這張照片是在甲府的武田神社，內人的弟弟幫我拍的。真的已經一副老態啊。那時剛好三十歲，不過這張照片看起來，像是四十歲以上的老頭。我也和別人一樣吃了很多苦吧。沒有擺任何姿勢，只是茫然地站著。不對，好像稀奇地在看腳邊的山白竹，簡直像老年癡呆了。然後這張坐在簷廊，瞇著眼睛的照片，也是住甲府的時候拍的，既沒有颯爽的感覺，也沒有暴躁的樣子，簡直像一顆反應遲鈍的南瓜。這張臉三天沒洗了，我甚至覺得醜陋。不過以作家日常的臉來說，這樣已經不錯了。說不定愈來愈接近真正的自己。也就是，俗人。

接下來都是搬來三鷹以後的照片。為我拍照的人也多了，他們常常對我下達指令，往右邊看，很好，往左邊看，很好，笑一笑，很好，我也照著他們的指令擺姿勢。淨是一些無趣的照片。不過也有兩、三張有趣的照片。不，應該說滑稽的照片吧。有一張裸體照。這張是和I君去四萬溫泉時，I君偷偷拍下我在泡湯時的模樣。所幸是側面，謝天謝地。要是正面，我可受不了。真的好險。不過我拜託I君把底片給我了，否則萬一他去加洗，這還得了。I君幫我拍了不少照片，像這張是今年過年，我和K君兩人，一起穿著家徽和服，前去井伏家拜年。那時井伏先生不在家（作家井伏鱒二，前年晚秋被派去南方當戰地記者），我們進去後，恰巧碰到I君也穿著國民服來拜年，他要我們兩人站在院子合照。很不好看吧，很奇怪吧。撇開K君不談，我穿家徽和服的模樣實在很奇怪。K君批評說，簡直像摩西穿著家徽和服。姑且不論他說得對不對，反正就是很怪異。整張臉骨頭突出，臉龐變得很大。再看這一張，這是我去參加朋友的新書發表會的照片，這麼多張臉排在一起，有一張特大號的臉，那就是我的臉。這讓我想起一個笑話，有個三歲女孩，在排滿羽子板[4]的店門口，吵著要其中特大號的那個：「我要這個，買給我。」老闆對她說：「這個不能賣。這是看板。」臉大到這樣，根本沒辦法談戀愛。很像高麗屋[5]吧。不要笑，是「裝扮得很髒」的高麗屋。不過也沒有那種去理髮店修整就會變好看的「其實」橋段，修整完畢還是「裝扮得很髒」。但其實也沒有裝扮，就只是真正的「髒」。根本沒有在演戲。不過還是有點像喔，同樣都很了不起。只能等待喜歡另類男人的女人出現。

內人曾如此勸我：

「你一得意忘形，就淨說蠢話。像你這種人，別再說那種蠢話了，這樣會被客人瞧不起。你就不能說些正經話嗎？簡直像個三流的通俗小說家。」

痛苦的時候，能坦然流露痛苦的表情，是很幸福的人。緊張的時候，能直接顯

4 一種長方形帶柄、繪有圖案的木板，類似現今的羽毛球拍。

5 歌舞伎演員松本幸四郎的稱號。

露緊張的姿勢，是很幸福的人。但我痛苦的時候卻想哈哈傻笑，真是傷腦筋。即使內心緊張得要命，也會開始說蠢話，真是傷腦筋。尼采說得好：「笑談嚴肅事！」但我生氣的時候，是真的在生氣。我的表情，只有憤怒與笑兩種。意外地，是個缺乏表情的男人啊。不過最近，我也想把生氣減為一年一次就好。總是提醒自己，笑一笑忍過去吧。倒是生氣的時候，別搞得好像在威脅別人。這樣我自己也很不舒服。生氣的時候就單純生氣。請看這張照片。這是最近的照片。我穿著夾克和短褲的輕裝，推著嬰兒車。這是我讓小女兒坐上嬰兒車，帶她去附近的井之頭公園，看自然文化園的孔雀。很幸福的情景吧。不曉得能持續到幾時。下一頁會貼上什麼照片呢？意外的照片。

厚臉皮

放心吧，我寫的不是你的事。雖說是最近，但也是去年秋天開始，著手寫這部預估長達三百頁的小說《右大臣實朝》[1]，今年二月底，好不容易寫了一百五十一張，但已疲累至極，便給自己放了兩、三天假。這時忽然想起，答應今年正月要給舟橋先生的短篇小說。但我生性可能有愚直的部分吧，整個心思無法脫離《右大臣實朝》，我又沒那種能快速轉換心情寫別的小說的能耐，幾經猶豫的結果，還是只能寫《右大臣實朝》別無他法。但我的意思是，我原本就打算以三百張稿紙來寫「實朝」這個人，現在就以這部未完成的三百張稿紙《右大臣實朝》為中心，另

1 源實朝，鎌倉幕府第三代征夷大將軍。最後官至征夷大將軍右大臣正二位左近衛大將。

外寫個三十張吧。好像也只能這麼辦。但關於這點我也想了很多，擔心會不會變成故弄玄虛地在宣傳自己的作品。我想任誰都會有和我一樣的看法。對自己的作品胡亂自吹自擂，簡直就像自己明明其貌不揚，卻莫名地引以為傲，硬要說似是而非的解釋給別人聽，那種猖狂的態度委實令人生畏。所以即使出版社命令我在自己的書寫「序」或「跋」，我再怎麼自大都不敢寫，更何況我的小說既幼稚又笨拙，我自己看了都很傻眼，更遑論宣傳，壓根兒都沒想過。不過，若現在要談談執筆中的小說《右大臣實朝》，無論作者的真意如何，結果都會變成噁心的自吹自擂吧。以電影來說，這三十張稿紙大概就像預告片，擺明了在宣傳。無論如何低頭垂眼、佯裝謙虛美德，鄉巴佬就是厚顏無恥，還以為他要說什麼，居然是創作的甘苦談。甘苦談，真是受不了啊。那傢伙最近認真起來了，好像也賺了不少錢，似乎也努力在鑽研學問，還說喝酒很無聊，而且留起鬍子喔。這會令聽到的人瞠目結舌，直呼真的假的？總之甘苦談還是算了。看到觀眾仔細聆聽，肚子裡的蛔蟲都跑出來胡言亂語，作者也深感困惑，所以這篇作品就命名為〈厚臉皮〉吧。反正我的臉皮本來就很厚。

在稿紙上寫了大大的「厚臉皮」後，心情多少也穩定下來。孩提時期，我很喜歡怪談，儘管因為太恐怖而嚇得哭出來，我也不會扔掉怪談書籍，繼續讀。後來甚至從玩具箱取出赤鬼面具戴在臉上，繼續讀。我此刻的心情和那時很像。因為太恐懼而發生奇妙的倒錯。戴上這個「厚臉皮」面具就放心多了，沒什麼好怕。厚臉皮，定定凝視這三個字，我覺得它變成精磨得發出黑光的鐵面具。堅硬有如鋼鐵，屬於男性的陽剛。說不定，厚臉皮是男人的美德。總之，我不覺得這個詞低級下流。若戴上這副堅硬的鐵面具，以含糊不清的聲音談所謂創作甘苦談，或許會顯得格外莊重，也免於受人嘲笑。想到這裡，我這個戰戰兢兢、膽小如鼠的蠢作者，也獨自落寞地頷首贊成。

一九三六年十月十三日到同年十一月十二日，這一個月裡，我每天在昏暗的病房哭泣。這一個月的日記，我把它當成小說發表在某文藝雜誌。因為是形式任性的作品，似乎給編輯帶來莫大的困擾。這篇作品題為〈HUMAN LOST〉，雖然現在變成不吉利的敵國語言，但當時我是模仿「PARADISE LOST」，以「人間失格」的心情下這個標題。這部日記形式小說的十一月一日，有段文章如下：

難忘實朝

伊豆海捲起白浪

鹽花散落

芒草搖曳

蜜柑田

每當痛苦時，我一定會想起實朝。一直希望有生之年能寫實朝。我倖存下來，今年已三十五歲，差不多是該寫的時候，但若只寫出裝模作樣的空洞美麗詞藻就太無聊了。寫實朝，是我年少時期就偷偷懷抱的夙願。如今這個夙願似乎得以實現，我也算是幸福的男人，感激得想向天神與觀音致謝。但畢竟那個阿光[2]到頭來都空歡喜一場了，因為世事難料，所以終於寫了一百五十一張稿紙，心情也喧囂起來，必須謹慎才行。接下來才是最重要。寫完這篇短篇小說，我又要立刻提著沉重行李箱去旅行，繼續做那個工作。哎呀，果然還是寫成小學生要去遠足前，興高采烈般的文章更好。人的一生能樂在工作的時期並不多，所以這種輕浮的文章也別消去，留下來當紀念吧。

右大臣實朝

丞元二年戊辰。二月小。三日，癸卯，晴，鶴岳宮照例舉辦御神樂，將軍罹患天花不克前往，遂派前大膳大夫廣元朝臣御史代理祭神，此時御台所亦同出席。十日，庚戌，將軍身染天花，心神煩憂。因此由近國的家人等出席。二九日，己巳，下雨，將軍病癒，有沐浴。（《吾妻鏡》，以下同）

關於你問的鎌倉右大臣，我就把我所見所聞，不加粉飾地告訴你。

---

2 出現在人形淨瑠璃新版歌祭文的「野崎村之段」的女性登場人物，阿光為了成全心愛男人與其他女人的戀情，削髮為尼。

這是開頭第一頁寫的。自己引用自己的文章未免太奇怪，況且這樣抄寫自己的文章，也有一種乳臭未乾炫耀才學的感覺，實在令人難以忍受。但這時就要出動厚臉皮的功夫，我可是抄得泰然自若喲。說不定我這個厚臉皮是貨真價實。藝術家本來就厚顏無恥，喜歡裝模作樣，連夏目漱石一把年紀都還捻著鬍子，煞有介事地寫：「我是貓，尚無名字。」其他更可想而知。反正都不正經。賢者通常會避開此道。雖然《徒然草》也寫過這種討厭的事。模仿笨蛋的人是笨蛋；模仿瘋子爬上電線桿的是瘋子；模仿聖人賢者，一臉得意雙手交抱於胸的人，果然是真正的聖人賢者。但模仿外遇的人，依然是外遇；奇妙地裝出學者模樣的人，果然是真正的學者；模仿酒後亂性的人，才是真正的酒後亂性；裝作藝術家的人，是真正的藝術家；大石良雄[3]借酒裝瘋的樣子，那是真的；還有教人笑談嚴肅事的哲學家尼采，居然邊笑，邊半開玩笑地說著正經事，果然也是愛搞笑的人。因此假裝厚臉皮的蠢作者，其實也沒什麼，就只是厚臉皮的蠢作者。真是直接了當到令人掃興，簡直像被脫光衣服似的，但這也是不容小覷的論述。我想花更多時間來思索這個論述。但唯獨小說家是不知羞恥的愚者，這連想都不用想，絕對沒錯。去年年底，故鄉的老母過世，我暌違十年返鄉之際，學到一個教訓。那時故鄉的長兄對我大聲斥責：「你到死都沒出息！」

我嘻皮笑臉地回說：「大哥，雖然我現在很沒出息，但是，再過五年，不，再過十年吧，十年後我一定能寫出讓大哥肯定我的東西。」

大哥睜大眼睛：「你對外面的人，也老是說這種蠢話嗎？少來了你，丟不丟臉啊。你一輩子沒出息，怎樣都沒出息。五年？十年？想讓我肯定你？別傻了，你就省省吧。你到死都不會有出息。這是一定的。好好記住我的話！」

「可是，」還可是咧，被罵得狗血淋頭，我卻一副完全沒感覺似的咧嘴傻笑，然後像個被踢開還抱緊人家大腿的女人說：「這樣我就失去希望了。」用分不清是男是女的口吻又說：「你到底要我怎麼辦嘛？」我曾在水上溫泉看過「寶船團」劇團下鄉巡迴演出的一齣戲，那時有個額頭很窄的小生，站在舞台邊垂頭喪氣地說：「我到底該怎麼辦才好？」這齣戲的名稱非常勉強，叫做〈染血的明月〉。

3 忠臣藏的大石內藏助。

大哥也傻眼，開始煩躁起來。

「那就什麼都別寫啊，什麼都不要寫。我的話到此為止。」語畢便起身走人。

但這時大哥的訓斥非常管用。我因此眼界大開。過了百年、千年依然能名流青史的人物，一定是我們難以揣想的神人。看到羽左衛門飾演的義經，會在心裡畫出溫柔白皙的義經像；看到阪東妻三郎扮演的織田信長，會被他粗啞的嗓音震住，宛如信長本來就這樣。可能不是，但或許可能就是。近來歷史小說非常流行，我最近讀了兩、三部，驚異地發現羽左、阪妻[4]躍然紙上。羽左、阪妻的表演活躍，外型也很絢麗搶眼，若把它當作一種新的說書，也有說書難以割捨的天馬行空，讀起來也很有意思，但若為了讓人物更有人味，把楠木正成說成寂寞得要命的人，把御前會議寫得好像同人雜誌的評論會，充斥著大吵大鬧與憎恨怨懟，就有點離譜了。可能因為作者寫加藤清正或小西行長，是以自己微小的日常生活來推想，才會淨是孤寂的英雄豪傑，甚至把加藤與小西都寫得像運動選手般喧鬧，到了夜晚就會嚷嚷寂寞。這種歷史小說，若當成滑稽小說或諷刺小說或許別有一番趣味，但作者卻格外用力，想寫得很嚴肅，使得讀者都不知道該從何讀起。就旨趣而言，也是很糟糕的旨趣。

我以前就在思索，是否非得把歷史大人物和作者的差距拉開千萬里才行，這時大哥開罵了。「千萬里也不夠！是白虎和瓢蟲！不，是龍和孑孓！根本不能相提並論。」有個通俗作家說，這次想和德川家康聯手，寫出一部鉅作。「你在胡說什麼呀，跟誰聯手都沒有用！秤秤自己有幾兩重，幾兩重！一定到死都沒出息啦！好好記住這句話！」我模仿大哥的語氣，把這個根本不存在的通俗作家抓出來臭罵一頓，心裡痛快多了。所以我這個三十五歲的男人，八成是日本第一大笨蛋。

（前略）從他的環境來推測，他可能是一臉自誇地咕噥厭世啦、自暴自棄啦、看破紅塵的人，但看在我眼裡，他總是那麼愜意悠哉，甚至曾縱聲大笑。從環境來推測，他可能吃了不少苦，但若同情他，看到他活得積極開朗反而會大吃一驚，這也是常有的事。我們在旁邊看他的日常生活，也不是那麼灰暗陰鬱。我來將軍府是

4 阪東妻三郎的暱稱。

十二歲的正月，問註所[5]入道大人[6]在名越的家遭祝融之災是正月十六日，在那三天後，父親帶我來到將軍府，開始在將軍身邊服侍，因為那場火把將軍交由入道大人保管的文件書籍都燒成灰了，入道大人也來到將軍府，但卻老年癡呆似的，只是呆呆站在那裡流淚。我看到那副模樣忍不住竊笑，驚覺失禮後立刻重新振作偷看將軍的臉，只見將軍也正看著我，對我莞爾一笑。那神情彷彿在說，即使貴重的文件書籍燒掉了，也不是什麼大不了的事，和我一起趣味盎然看著入道大人的愁嘆。那時我打從心底，把他當神明般尊敬，決定死也不離開他身邊。但畢竟，他和我們是天壤之別，身分背景截然不同。若以我們貧窮凡俗的心態，來推測他的各種事情，會犯下離譜的錯誤。說什麼每個人都一樣，這是何等膚淺又自命清高的想法，真是令人惱怒。這是發生在他剛滿十七歲的事。那時他的身體已長得頗為健碩，稍稍低頭垂眼、泰然自若坐在那裡的模樣，看起來比將軍府任何老人都有智慧，也更成熟穩重。

「年紀一大，每逢歲末，倍覺孤寂。」

那時，他已經能做出這種詩。雖說有天生的背景所賜，但我們真的只能感嘆不

可思議。（後略）

抄太多的話，說不定會被出版社罵。這部作品應該可以控制在三百張稿紙完成，不會在雜誌連載，直接由出版社發行單行本，因為我已預支一些稿費，這份稿子已經不是我的。但從三百張抄錄個五、六張，應該不是什麼重罪吧。若要放在雜誌連載，這種抄錄是不允許的，一定是犯罪。但因三百張要一次發行單行本，所以只不過五、六張，就笑一笑原諒我吧。不，我不敢說這種話，我懇求寬恕。反正是電影的預告片，以結果來說就像宣傳一樣，我想出版社也會高抬貴手。既然已經如此小心翼翼、提心吊膽、卑鄙無恥為自己辯解，那就再戴上鐵面具。剛才抄錄了兩張半，順便再讓我抄個兩張。

（前略）我剛來到將軍府工作，而且是個年僅十二歲的小孩，真的非常緊張害

---

5 鎌倉幕府、室町幕府設置的統管訴訟事務的機關。

6 稱呼遁入佛門的高官顯要。

怕（中略）。現在我來談一下那時候的事吧。二月初，將軍發燒，六日晚上病情惡化，十日幾乎瀕臨病危，過了這個關卡，後來就像薄紙一張張撕去，將軍病情也逐漸好轉。我忘不了，二十三日下午，已出家的尼御台所夫人帶著御台所夫人來將軍的寢室探病。那時我也低調地待在寢室一角。尼御台所夫人一直跪坐在將軍枕邊，凝視將軍的臉，然後說了一句：「我好想再看一次你以前的臉。」說得泰然自若，咬字清楚，宛如在說今天氣很好。即使我是個小孩，聽了這話，心裡也一陣悲戚。御台所夫人更是難以忍受，哭倒在地。但尼御台所夫人依然凝視將軍的臉，以平靜的語氣問：「你知道嗎？」將軍臉上殘留著天花痕跡，面容變得很醜。身旁的人都裝作沒看到，尼御台所夫人卻若無其事地說出來，我們霎時嚇得臉色蒼白，差點昏過去。那時將軍稍稍點頭，露出雪白牙齒笑說：

「馬上就會習慣的。」

這句話真是難能可貴。他果然是出類拔群，不同凡響的人。之後過了三十年，我也四十幾歲了。但他那時豁達的心境，我無論如何，到了三十歲或四十歲，不不不，即使今後再過幾十年，都無法達到這種境界。（後略）

並不是這段很感人，我才特別抄寫。我只是讓大家具體知道，我是以這種感覺在寫。實朝的近侍在實朝大去之時出家了，隱居在深山裡。這部小說的視點，是以去探訪住在深山裡的近侍，聽他談很多實朝的回憶來寫的。史實則是根據《吾妻鏡》。因為不能亂寫，所以擷取了些許《吾妻鏡》的文本，穿插在小說的重要環節。但故事情節未必和《吾妻鏡》的文本一樣，這時我會比較兩者，做一些引人入勝的安排。天啊，這廣告簡直比大馬路邊擺攤賣藥膏的小販更露骨。算了，就此打住。我的鐵面具都熱起來了。談談別的事吧。話說，D這傢伙還真敢啊。三年前遇到他時，他還搞不清足利時代與桃山時代，弄得自己狼狽不堪，這回竟然要寫實朝？所以說嘛，這個世界真的很可怕，什麼跟什麼嘛，莫名其妙。D還說，寫實朝是他年少就偷偷懷抱的夙願。真是嚇死人。天啊！這人是不是瘋了？那傢伙說他戒酒在努力讀書是騙人的喲。他是買了一本兒童繪本《源實朝大人》回來，窩在暖爐桌裡，一邊喝著配給的燒酎，一邊用紅筆仔細在繪本的說明文做注腳吧。啊，我可以想像他那副德行。

最近，我認為每個人都徹底瞧不起我是應該的。藝術家，這樣只是剛剛好。我絲毫沒有生而為人的偉大。偉人能清楚表達自己的意志，絕不會輸，也不會挫敗。我總是咕噥含糊，招來嚴重誤解，通常都輸得一蹋糊塗。到了深夜獨自躺在床上便開始後悔，啊，要是那時候這麼說就好了，真糟糕。啊，要是那時候瀟灑走人就好了，真糟糕。後悔莫及輾轉難眠，所以遑論偉大，甚至可說是最劣敗的人。日前，我向某個年少友人說了一段話。你認為自己也有優點，可是名垂青史的人，在你這年紀已經讀了萬卷書，而且那萬卷書不是猿飛佐助[7]啦、鼠小僧[8]啦，也不是偵探小說或戀愛小說，是那個時代連學者都還沒讀過的書。就這點而言，你已經失格了。此外偉人的腕力也是，毫無例外都是出類拔萃的強，但他們絕不誇耀自己有多強。你好像是劍道二段吧，但你有個毛病，一喝酒就找我比腕力，這實在太難看。偉人不會這樣。名人或高手，大多貌似柔弱，但顯得很鎮定。就這點而言，你也完全失格。還有，你中學時代做過不自然的行為吧，這也已然失格，偉人終生不做這種事。身為一個男人，這比死更恥辱。還有，偉人也不會嚷嚷寂寞，不會輕易落淚，沒有過剩的感傷，能泰然忍受孤獨。哪像你，只是被父親罵一下，就去找朋友傾訴你的孤獨之苦。女人都比你更有忍受孤獨的能力。俗話說「女人三界無家」[9]，即便是自己出生的家，遲早總得出嫁，所以父母的家也只是寄居。嫁人之後，若不符合夫家的家風也可能被休妻，就算沒有被休妻，要是丈夫死了會怎樣？若有小孩，或許可以去小孩的家讓他們照顧，但這也不是自己的家，只是寄居。但縱使三界無家的女人，也不會悲嘆自己的孤獨，還是忙碌地做針線活、洗衣服，到了夜晚也香甜地睡在別人家，真是了不起啊。你連女人都比不上，是人類最低下的等級。你和我都是同樣的等級。不知為何，我總覺得活在當今這個時代，必須先認清自己和偉人有多麼不同。以上是我笑著奉勸自稱天才詩人的建言。最近每當有事發生，我就更明白自己有多沒出息，覺得很掃興便一本正經起來。我想默默地像蟲子般努力讀書，這種有些害羞又值得嘉獎的心情，也是完全來自這裡。日前，我戴著戰鬥帽、纏著綁腿，參加後備軍人的分會檢閱時，在五百個人裡，只有我的動作最笨拙，

7 日本戰國時代的忍者，之後出仕真田幸村，在真田十勇士中是最出名的。
8 江戶末期的盜賊，專偷大名的宅第，因動作敏捷被稱為鼠小僧。
9 女人在這遼闊的世界沒有真正能安居的場所。

連單膝着地的姿勢都做不好，被分會長罵，讓我很不是滋味。我很想向分會長說，雖然我在這裡表現得很差，但到了外面我可是個出色的男人。儘管如此，但我還是緊閉嘴巴，改以怒目瞪視分會長。但這無言的抗議完全無效，只落得彷如睡眼惺忪在乞憐般的效果。我是後備的國民兵，而且是丙種體位，其實是可以不參加那個檢閱，但在班長的建議下，我去了。服裝也很詭異，只要穿上後備國民兵的服裝，任何人都徹底變成後備國民兵的模樣，職業、年齡、知識、財產全部消失了，無論醫生、工匠、董事或理髮師，看起來都是同年齡、同資格的後備國民兵。平常我穿得再寒酸，但我的人品氣質也不會顯得卑下，大多會認為我這個人非比尋常，但穿上後備國民兵服裝後，這些成了說書裡的事，完全就只是一個國民兵，所幸這裡有嚴謹的軍律，因此我不敢隨便對長官興起傲慢之心。這天，我完全是個後備國民兵，其他什麼都不是。而且是個動作頗為拙劣的兵。因為我一個人的參加，給我的小隊帶來莫大困擾。我就是如此笨拙不堪。但其實也發生了意料之外的事。檢閱完畢後，擔任檢閱官的老少校講評：「今天各位的成績還算良好。」然後又拉高嗓門說：

「最後，我要告訴各位，有一位同袍，沒有被召集來參加今天的檢閱，但他卻主動前來，委實令人感佩，精神可嘉，真的堪稱一樁美談。我當然會把這件事呈報上級。現在我要呼叫他的名字。這位同袍，請以在場五百人都能聽到的聲音，清楚地，大聲回答。」

真的也有奇特之人哪，究竟是在什麼環境下生長的人會如此行動？正當我如此思忖之際，我的名字被叫到了。「有嗚……」因為我喉嚨卡著痰，回答時聲音變得沙啞怪異。別說五百人，不曉得有沒有十個人聽到，總之我的氣勢衰弱。怎麼會是我呢？會不會搞錯了？我又重新思考一下，應該不是無憑無據。雖然我身體很差又是丙種體位，可是我們班人數很少，因為住在附近的班長建議下，我才來參加。雖說聊勝於無，但我萬萬沒想到這是如此值得激賞的善行。我覺得我好像卑鄙無恥地欺騙了大家。檢閱結束後的歸途上，我羞得不敢看任何人，避開大馬路，低頭快步走田間小路回家。那晚，大家一起喝配給的五合酒，但我心情極度凝重。

「你今晚怎麼特別沉默？」

「我要用心讀書。」

記得有位勇士，在記者座談會說，穿著降落傘獨自降落在草原時，覺得很孤寂。連勇士們這時都感到孤寂。這晚我喝著五合酒，也深切體會到這猶如古井底的孤獨。動作極為拙劣、小心翼翼的三十五歲老兵，竟被當作分會的模範表揚，多麼令人不安。不管我的臉皮再厚，說到這裡我都不禁扔筆，雙手掩面。

（前略）建曆元年，少主年滿十二歲，在當時的別當[10]定曉僧都[11]的房間舉行落髮，法名定為公曉。那是九月十五日的事，落髮完畢後，尼御台所夫人帶他去見將軍，雖然這是我首度見到這位年輕的禪師，但總括一句，是個非常和藹可親的人。有種因幼時便嘗盡世間辛酸而特有的磊落。他的笑容隱隱帶著卑屈膽怯，即使如此，他也以靦腆的笑容對一旁我們謙和回禮致意，硬是努力表現得天真開朗。看著這年僅十二歲孩子的態度，我不禁心生愛憐，心情也黯淡了起來。不過，不愧是繼承了源家直系血脈的人，身體已長得頗為健碩，雖然臉龐和將軍的厚重相比，顯得過於纖細，但依然有貴公子的典雅氣質。他撒嬌般緊緊偎坐在尼御台所夫人身邊，然後抬頭看將軍，只是笑咪咪地看著。

可能是我多心，我覺得這時將軍似乎不太高興。他沉默了片刻，雖然與平常一樣稍微弓背低頭，動也不動地坐著。終於他抬頭，面帶憂容，問了一句出人意料的話：

「你喜歡做學問嗎？」

「喜歡。」尼御台所夫人代為回答：「他最近變得很乖。」

「或許不容易。」

將軍又低下頭，喃喃地繼續說：

「唯有這條是活路。」

10 管轄大寺院、神宮寺的僧官。

11 管理佛教僧尼所設的僧官職，位在僧正之下，是第二高位的僧官。

誰

耶穌和門徒前往該撒利亞腓立比村莊的路上，問門徒：「人們說我是誰？」門徒回答：「有人說是施洗的約翰，有人說是以利亞，有人說是先知之一。」耶穌又問：「你們說，我是誰？」彼得回答：「你是基督，永生神的兒子。」

《馬可福音》第八章第二十七節

真是好險。耶穌陷入苦惱，迷失自己，惴惴不安，竟向無知文盲的門徒問這種異乎尋常的問題：「我是誰？」他是想藉無知文盲門徒的回答來肯定自己。幸好彼得相信，過於愚直地相信，深信耶穌是神的兒子，所以才能若無其事地回答。耶穌也藉由門徒的回答，更深切明白自己的宿命。

在二十世紀的蠢作家身上，倒也有類似的回憶，但結果截然不同。某個秋夜，這位作家和學生前往井之頭公園的路上，問學生：「人們說我是誰？」學生回答：「冒牌貨。也有人說騙子。也有人說狂妄輕佻者。也有人說酒後狂暴者。」作家又問：「那你們說，我是誰？」一位留級生回答：「你是撒旦，惡魔的兒子。」

我和學生道別回家後，心裡忿忿不平，覺得學生說得太狠毒，但也無法全盤否定那個留級生恐怖的說法。那段時期，我徹底迷失了自己，不知道自己是誰，一切的一切都搞不清方向。工作賺了錢，就去玩。沒有錢又開始工作，然後有點錢進來，又跑去玩，反覆做著這種事。有天晚上靜心一想，不禁背脊發寒。我究竟把自己當成什麼？這根本不是人過的生活。我甚至沒有家庭。三鷹這個小房子，也只是我的工作場所。只要暫時窩在這裡完成一項工作，便立刻離開三鷹。逃出去。去旅行。但儘管去旅行，我依然沒有家。縱使到處遊蕩，心裡也總掛念三鷹的事。可是回到三鷹，又馬上嚮往旅行。工作場所很無聊，但旅行也滿心不安。我總是無法定下來。究竟怎麼回事？我好像不是人。

「竟然說那麼狠毒的話。」我躺著攤開報紙，但一個字也看不下去，內心充滿不甘，於是故意大聲對在隔壁房間縫衣服的內人說：

「真是可惡的傢伙！」

「什麼事啊？」內人果然中計，「你今晚回來得很早耶。」

「當然早啊。我已經無法跟那些傢伙來往了。居然說那麼狠毒的話。伊村那傢伙，居然說我是撒旦喔！那傢伙算什麼啊，自己都連續留級兩年了，他憑什麼這樣說我。實在太失禮了！」我像個在外面被揍，回家告狀的軟弱小孩。

「都怪你把他們寵壞了。」內人以愉悅的語氣說：「你不可以老是這樣寵他們。」

「是嗎？」這倒是意外的忠告。「妳別說這種無聊話。雖然我看起來很寵他們，但其實我這麼做別有用意。沒想到妳會對我說這種話，難道妳也認為我是撒旦嗎？」

「這個嘛……」然後她靜默不語，似乎在認真思考。片刻之後，她說：「我是覺得……」

「妳就說吧，覺得怎樣儘管說。把妳想的說出來。」我幾乎將身體擺成大字形，躺在榻榻米上。

「你是個懶散的人。這一點是確實的喔。」

「這樣啊。」這不太好，不過比撒旦好一點。「但不至於是撒旦吧。」

「可是太懶散，看起來很像惡魔喔。」

根據某神學家的說法，撒旦的真面目是天使，天使墮落成了撒旦。這種說法也未免太高明。撒旦與天使是同族，這是很危險的思想。我無論如何都無法想像，撒旦會可愛得像河童。

撒旦是即使和上帝戰鬥，也是不太會輸的剛猛大魔王。伊村竟說我是撒旦，簡直胡說八道。不過被伊村這麼一說，之後過了一個月我還是很在意，不由得查了一下各種學派對撒旦的說法。我想確實掌握資料，來反證我不是撒旦。

撒旦通常譯為惡魔，據說這個詞是源自希伯來語的「撒答恩」與阿拉米語的「撒塔恩」及「撒塔那」。我是個很不用功的人，別說希伯來文和阿拉米文，我連英文都看不太懂，所以談這種學術性的事實在很慚愧。據說撒旦的希臘文叫「得依亞波樂斯」。雖然我不清楚「撒答恩」的原意，但好像是「告密者」、「反抗者」的意思。而希臘文的撒旦就直接譯成「得依亞波樂斯」。這是我剛剛查字典才知道的事，要我把它當作自己的知識陳述，委實於心不安，覺得討厭。不過為了證實我不是撒旦，再怎麼討厭也得再說一點。總之，撒旦這個詞最初的意思是，在上帝與人類之間，挑撥離間兩者的人。在舊約時代，撒旦並沒有以強而有力與上帝對立的姿態出現。在舊約時代，撒旦甚至是上帝的一部分。某位國外的神學家，對舊約以後的撒旦思想演進做了報告，內容大致如下：

猶太人長住在波斯期間，知道了新的宗教組織。波斯人信奉的是一個名為紮拉茲斯多拉，還是索羅亞斯德的偉大教祖所創的教義。索羅亞斯德認為，整個人生是善惡之間的不斷鬥爭。這對猶太人來說是全新思想。在這之前，他們只認同耶和華是萬物唯一的主宰。當遇到挫折、戰敗、病災，他們深信這些不幸都是自己的民族信仰不足所致。他們只敬畏耶和華，從未想過罪惡是惡靈單獨誘惑的結果。在他們眼裡，連伊甸園的蛇，都不會比違背上帝旨意的亞當與夏娃更壞。不過，受到索羅亞斯德的教義影響，猶太人也開始相信有另外一個靈，企圖顛覆耶和華所完成的一切的善。

他們把這個靈當作耶和華的敵人，命名為撒旦。

然後撒旦就預備以剛猛之靈登場了。接著來到新約時代，撒旦堂堂與上帝對立，肆無忌憚地興風作浪。在《新約聖經》的各頁裡，用下面各種名稱來稱呼撒旦。就如日本的歌舞伎會用「他有兩個名字」來形容歹徒，撒旦的名稱也不會只有兩、三個，例如「毀謗者」、「沒價值的人」、「鬼王」、「惡魔之首」、「世界之王」、「世界之神」、「控訴者」、「試探者」、「壞蛋」、「殺人兇手」、「虛偽之父」、「滅亡者」、「敵人」、「大龍」、「古蛇」等等都是。以下節錄日本唯一值得信賴的神學家塚本虎二的看法：

由名稱也大致可以看出，《新約》裡的撒旦，在某個意義上是與神對立的。他擁有並統治一個王國，和神一樣擁有很多僕人，惡鬼就是他的屬下。但他的王國在哪裡就不清楚了。好像介於天地之間（《以弗所書》第二章第二節），也好像在天上（同前，第六章第十二節），又好像在地下（《啟示錄》第九章第十一節，第二十章第一節以後）。總之他統治地上這個世界，竭盡所能想把惡加在人們身上。他統治人類，人一出生便在他的權力之下。因此他是「這個世界的君主」，是「這個世界的神」，擁有一切的權威與榮華。

於此，那個留級生伊村的說法，被駁倒得體無完膚。也證明伊村的說法徹頭徹尾誤謬，是個謊言。我才不是撒旦。這麼說很奇怪，我沒有撒旦那麼偉大，我既不是這個世界的君主，也不是這個世界的神，更不擁有一切的權威與榮華。連三鷹的髒兮兮黑輪店都瞧不起我，豈止沒有權威，還被黑輪店的女服務生罵得手足無措。我不是撒旦那種大人物。

終於鬆了一口氣之際，心中又湧現別的不安。為什麼伊村會說我是撒旦。不可能是想說我是大善人，而說出「你是撒旦」吧。他一定是想說我是壞人。但我絕對不是撒旦。我沒有這個世界的權威，也沒有榮華。伊村說錯了。那個留級生太不用功，所以不知道撒旦這個詞的真正涵意，一定只是想說我是壞人而用了這個詞。但我是壞人嗎？我也沒有自信敢斬釘截鐵地否定。我雖然不是撒旦，但撒旦還有手下惡鬼。伊村或許是想說我是撒旦手下的惡鬼，但可憐因為沒有知識，才把我說成撒旦吧。根據《聖經辭典》所載：「惡鬼是追隨撒旦一起墮落的靈物，專愛怨恨別人，汙穢人心，其數眾多。」那些惡鬼是非常卑鄙的傢伙。那些自稱為「群」的傢伙，大聲咆哮我們為數眾多，反遭耶穌斥罵，慌忙騎著兩千隻豬逃跑，闖下山崖，投海淹死，也是這批傢伙[1]。真是窩囊鬼，跟我很像，真的太像了。若說我是撒旦的隨從，確實很像不是嗎？我的不安激升到頂點，使我不禁仔細審視自己這三十三年的生涯。很遺憾，確實有過——我確實有一段時期，追隨過撒旦。想到這個，我按捺不住，急忙跑去某個前輩家。

「不好意思，請別見怪。記得五、六年前，我曾寫一封信向你借錢，請問那封信還在嗎？」

前輩立即回答：「在啊。」前輩直勾勾地看著我，笑了笑說：「看來你終於在意起那封信了啊。我原本打算等你有錢以後，要拿著那封信去你家恐嚇你。那真是一封很過分的信，謊話連篇。」

「我知道啦。我想看一看，那些謊話巧妙到什麼程度。請讓我看一下。一下子就好。別擔心，我絕對不會搶了就跑。借我看一下，馬上還給你。」

前輩笑著拿出小型文卷箱，稍微找了一下，遞給我一封信。

「說恐嚇是開玩笑的，不過你以後要小心點。」

「我知道。」

那封信的全文如下：

〇〇兄：

這是我一生一次向您請求。我已經想盡辦法，但找不到好方法，寫這封信也是攤開又收起卷紙五、六次，終於才提筆。希望您能體察我的心情。這個月的月底，我一定會還錢，能否請您去××家那一帶，幫我借二十圓，如果不行，十圓也好，能不能拜託您去幫我借？我絕對不會給您帶來麻煩。借的時候就說：「太宰最近有點失敗，很傷腦筋。」三月底我一定會還錢。至於借到的錢，看是您要寄給我，還是您要來我家玩順便拿給我，能這樣是最好不過，我會很開心。無論您要罵

1 典出《新約聖經》馬可福音第五章。

我厚臉皮、任性、自私、狂傲、窩囊，我都有接受的覺悟。目前，我在做一個工作。等這工作完成，錢就會進來。若能早一天完成，也能早一天紓困。這個工作需要二十天，但我會盡快做完，這樣對我也好。懇求兄台體諒，萬事拜託。現在我什麼都沒力氣說，詳情留待日後見面再敘。

三月十九日　治　敬上

很意外地，這位前輩竟然用紅筆在信裡做評，寫得到處都是。括弧裡的是這位前輩的評論。

〇〇兄：

這是我一生一次（人的任何行為，都是一生一次）向您請求。我已經想盡辦法（有先找三、四個人談過嗎？），但找不到好方法，寫這封信也是攤開又收起卷紙五、六次（這可能是實情），終於才提筆寫。希望您能體察（什麼體察，這個說法有點怪）我的心情。這個月的月底，我一定會還錢，能否請您去××家那一帶（那一帶是什麼意思？到底在說什麼），幫我借二十圓，如果不行，十圓也好，能不能拜託您去幫我借？我絕對不會給您帶來麻煩（這或許是真的，但還是不可靠）。借的時候就說（「就說」是哪門子的鬼話，而且太失禮了）：「太宰最近有點失敗，很傷腦筋。」三月底我一定會還錢。至於借到的錢，看是您要寄給我，還是您要來我家玩順便帶給我（他竟然連親自來拿的意思也沒有，更是失禮之至），能這樣是最好不過，我會很開心（若這個開心是真的，他真的沒救了）。無論您要罵我厚臉皮、任性、自私、狂傲、窩囊，我都有接受的覺悟（有覺悟很好，表示還知道自己在做什麼。但也只是知道）。目前，我在做一個工作。等這工作完成（這裡我很同情），錢就會進來。若能早一天完成，也能早一天紓困。這個工作需要二十天（看似在誇大天數，要小心），但我會盡快做完，這樣對我也好（虛偽至極，太愚弄人了）。懇求兄台諒解，萬事拜託。現在我什麼都沒力氣說（猶如新派悲劇的台詞，目中無人），詳情留待日後見面再敘。（以借錢信而言，這封信實在拙劣至極。總之，看不出絲毫誠意，謊話連篇。）

三月十九日 治 敬上

「這真的很過分哪。」我不由得嘆息。
「很過分吧？我看了都傻眼了。」
「不，是你用紅筆寫的比較過分喔。我的文章，沒有我想像中那麼過分。我原本以為這封信是極盡狡智之能事，但現在看了卻覺得意外正經，我都覺得有點掃興呢。居然如此輕易被你識破，哪有這麼，哪有這麼……」
我想說哪有這麼愚蠢的惡鬼，但我不敢說。因為我覺得，也許還有什麼事騙了這位前輩。前輩見我欲言又止，從我手中拿走這封信：
「給我看看。很久以前的事了，我都忘記我發過什麼牢騷了。」前輩喃喃說著開始看信，不久噴笑說：「你真是個笨蛋啊。」
笨蛋。這句話救了我。我不是撒旦，也不是惡鬼。我是笨蛋。我是笨蛋啊。仔細想想，我以前做的壞事，大多立刻被人識破，讓人覺得傻眼好笑。我總是無法完美地欺瞞別人，動不動就會露出馬腳。
「我有個學生，說我是撒旦。」我稍微寬心，開始訴說原委：「我覺得很可惡，實在受不了，就做了很多研究。到底這世上真的有惡魔和惡鬼嗎？看在我眼裡，我只覺得每個人都善良軟弱，我無法責備別人的過錯。我覺得那都是情有可原。我沒看過真正的壞人。其實大家都差不多不是嗎？」

「那是因為你有惡魔的素質，所以對普通的惡不會驚訝。」前輩氣定神閒地說：「看在大壞蛋眼裡，這世上的人，每個都是幼稚的窩囊廢吧。」

我的心情再度黯淡。這可不行。被「笨蛋」所救，樂過了頭，不料又跌入谷底。

「是嗎？」我忿忿地說：「這麼說，你果然也不相信我囉？是這樣嗎？」

前輩笑了。

「別生氣。你別老是動不動就生氣。你剛才說你無法責備別人的過錯，說得好像基督一樣冠冕堂皇，所以我想挖苦你而已。你說你沒看過真正的壞人，可是我看過。兩、三年前，我曾在報上看到。有個男人，把火柴點燃扔進郵筒裡，看到郵筒裡的郵件燒掉就很高興。他不是瘋子，只是漫無目的玩這個遊戲。每天每天，到處放火燒郵筒裡的郵件。」

「哇，這真的很過分。」這傢伙是惡魔。沒有同情憐憫的餘地。他是真的壞到骨子裡。看到這種傢伙，我也會把他痛揍一頓，判他死刑以上的刑罰。這傢伙是惡魔。和他相比，我果然只是個「笨蛋」。這件事終於解決了。我看到這世上的惡魔，那傢伙跟我截然不同。我不是惡魔也不是惡鬼。啊，感謝前輩告訴我這件事。之後四、五天，我的心情格外開朗，但好景不常，我又被叫「惡魔」了！這個陰魂不散的看法，會糾纏我一輩子嗎？

我的小說，沒有女性讀者。但今年九月以來，有個女人幾乎每天來信。這個人是病人，住院很久了。為了打發寂寥，宛如在寫日記般，每天寫信給我。後來能寫的事情愈來愈少，這回竟說想跟我見面，叫我去醫院看她。我想了又想，我這副尊容與穿著，實在不想讓女人看到。她一定會輕蔑我。更何況我很不會說話，有時連自己都覺得莫名其妙。還是別見為好。於是我擱置來函，沒有回信。結果她接下來竟寫信給我內人。因為對方是病人，內人也寬大為懷，叫我去看看她。我想了兩、三天。那個女人一定在編織美夢，看到我這張又黑又怪的臉，搞不好會絕望到昏過去。縱使不至於昏厥，病情也想必會明顯惡化。可以的話，我想戴著面罩去看她。

女人不斷地寫信來。坦白說，我不知不覺也萌生情愫。終於在日前，我穿上最好的衣服，前往醫院。我真的緊張得要命。我打算站在病房的門口，說一句「請多保重」，然後開朗地笑一笑，旋即轉身走人。這樣才能留給她最美的印象。我照著我的計畫實行。病房有三朵菊花。女人美得令人驚豔。穿著毛巾布料的藍色睡衣，披著銘仙[2]的外褂，面帶笑容坐在床上。絲毫沒有病人的感覺。

「請多保重。」說完，我擺出自認最迷人的笑容。心想這樣就行了，逗留太久恐怕會殘酷地傷到她。於是我立即告辭。歸途上，我十分落寞。慰勞別人的夢想，是很孤寂的事。隔天，她來信了。

我出生至今二十三年，沒有受過今天這種奇恥大辱。你知道我是帶著什麼心情等你來嗎？你竟然看了我一眼，便轉身離去。你是對我寒酸的病房，和我這又髒又醜的病人模樣感到幻滅，難以忍受轉身走人。你把我當作抹布般地輕蔑我。（中略）你是惡魔。

沒有後話。

2 一種平織的絹織品，盛行於大正昭和時代，圖紋大多融和傳統和現代元素的和服。

輯四 人間

我的善良是，毫不斟酌地讓對方看到我的全貌。

戒酒之心

我想戒酒。因為最近的酒，讓人變得很卑屈。據說古人常藉酒養浩然之氣，但現在只會讓人心靈膚淺。近來我極度痛恨喝酒。我認為有才能擔當大任者，現在都該毅然決然粉碎酒杯。

平日嗜酒者，心靈會變得何等吝嗇卑微，竟在一升配給酒的酒瓶上，畫上十五等分的刻度，每天只喝一刻度的酒，偶爾多喝了，要喝下一個刻度時，便加入一刻度的水，將酒瓶橫抱搖勻，企圖讓酒與水融合發酵，委實令人失笑。此外在配給的三合燒酎裡，加入一壺粗茶，然後將這褐色液體倒進小玻璃杯，硬是虛榮地說：「這杯威士忌立著茶梗，真是愉快啊。」說完還豪放大笑，但一旁的老婆卻笑也不笑，反而更顯淒涼。以前晚酌之際，若恰有好友自遠方來，總會興高采烈地說，哎呀，你來得正是時候，我正想找人喝酒哩，沒什麼好招待，來一杯如何，便暢快地喝了起來。如今卻極其陰鬱。

「喂，老婆，差不多了，我要喝那一刻度的酒了，把門關起來，上鎖，還有木板套窗也都關起來，免得被人看到。不然別人羨慕流口水，我也不好意思。」

明明沒有人會羨慕那區區一刻度的晚酌，但心靈變得吝嗇卑微，所以才會風聲鶴唳心驚膽跳，聽到外面的腳步聲便膽顫心驚，彷彿自己犯了什麼滔天大罪，會招來全世界的痛恨，內心充滿恐懼、不安、絕望、氣憤、怨懟、祈禱，帶著如此複雜的心情調暗房裡的燈光，弓著背，一點一點舔吮玉液瓊漿。

「有人在嗎？」玄關傳來聲音。

「不要來！」倏地擺出護酒架式，這酒怎麼可以給別人喝。旋即將這瓶酒藏在櫥櫃深處，還剩兩個刻度，是明天和後天的份。眼前的小酒壺大概還有三小杯，這要拿來當睡前酒，現在絕對喝不得，不能碰，不能碰，用包袱巾蓋起來。好了，沒有什麼疏漏吧？仔細環顧室內，確認安全無虞，忽然用柔媚的語氣說：

「哪位？」

啊，我寫著寫著都快吐了。人到這個地步就完蛋了，還談什麼浩然之氣。所謂「月夜，雪朝，花前，舉杯談心，倍添樂趣」，至少該學學古人這種典雅心境，好好努力反省。酒真的那麼令人沉迷嗎？使得一個個留著鬍子的大男人，頂著火紅夕陽，揮汗如雨，乖乖在啤酒屋前排隊，還不時墊起腳尖從啤酒屋的圓窗窺看店內，搖搖頭長吁短嘆，怎麼排了這麼久還輪不到自己。店內也一片擁擠混雜，手肘互碰，彼此牽制，毫不相讓地大聲喊叫：「喂！快給我啤酒！」也有操著東北口音的人大吼：「喂，逼嚕啦！」喧囂吵鬧。好不容易到手一杯啤酒，幾乎忘我喝光之際，忽然一個膚色黝黑、目露兇光的男人，連聲抱歉也不說便擠了進來，硬是將自己從椅子上擠開。一陣錯愕之餘，自己只好退場。重新打起精神：「好，再來一次！」又走到戶外的人龍尾巴，開始排隊。這樣三、四次反覆下來，弄得身心俱疲，只好無力地咕噥：「啊，醉了。」踏上歸途。我想國內的酒絕對不至於如此不足，可能是最近喝酒的人變多了吧。有些以前沒喝過酒的人，因為聽到缺酒的風聲，心想「好吧，趁現在趕快喝一杯」，若不先嘗嘗酒的滋味，宛如以後都喝不到似的，凡事都要體驗一下才不會吃虧。由於這種奇怪的小人貪念，使得他們不僅占有了配給酒，還一度突擊啤酒屋想跟人家擠擠看，凡事都不肯輸，所以也想去黑輪店湊熱鬧，聽說咖啡館這種地方很特別，究竟是什麼樣的地方，也想趁現在體驗看看。基於這種無聊的上進心，不知不覺喝起酒來，沒錢的時候，連一個刻度的酒都珍惜得要命，滿心歡喜喝著立著茶梗的威士忌，已到難以自拔的地步。我認為這樣的人很多。總之，小人難以度測。

有時去酒鋪，我也看到很多討厭的事。客人膚淺的虛榮與卑屈，老闆的傲慢與貪婪。每次去我都重新下決心戒酒：「啊，算了，我不喝酒了。」可能是時機尚未成熟，至今尚無法斷然付諸行動。

一般走進店裡，店員會笑臉相迎：「歡迎光臨。」但這是很久以前的事了，現在是客人堆起笑容，主動向老闆、女服務生打招呼：「你好。」笑得滿臉卑屈，而且通常他們還不理你。有個非常有禮貌的人還脫帽致意，客客氣氣地說「老闆好」，雖然看似拉保險的紳士，但也是確確實實來喝酒的客人，照樣遭到漠視。有個更周到的客人，一進來就開始撫摸吧台上的裝飾盆栽，然後大聲地自言自語，故意讓老闆聽到：「這樣不行，要澆點水比較好。」還用雙手去洗手間捧水來，灑啊灑地澆在盆栽上。不過他只有動作很大，實際澆進盆栽裡的水只有兩、三滴。接著他從口袋掏出剪刀，咔擦咔擦地修剪枝葉，把盆栽修得漂亮有型，不禁讓人以為是園藝店的人來保養盆栽。但誰也沒料到，他是某家銀行的董事，為了討老闆歡心，特地將剪刀放在口袋帶來。但他的一番苦心也起不了作用，依然遭老闆漠視。各式各樣的人，要盡花招，但都不管用，一樣遭到老闆冷峻對待。但客人並不怕老闆不理不睬，只求老闆能讓他們多喝一瓶酒。後來，明明自己不是店裡的員工，但每當有人進來，他們就會喊：「歡迎光臨！」有人離開時，一定會大聲說：「謝謝光臨，歡迎再來！」明顯已陷入錯亂發狂的狀態，真的很可憐。唯獨老闆鎮定地喃喃自語：

「今天有鹽烤鯛魚喔。」

一位識相的年輕人立即拍桌：

「感激不盡！我最愛吃這個。鹽烤鯛魚最棒了。」但內心暗忖棒個頭啦，這道菜很貴吧，我壓根兒沒吃過鹽烤鯛魚，不過這時一定要裝成喜出望外的樣子。可惡！其實我痛苦死了！「聽到鹽烤鯛魚，我就受不了了。」確實真的受不了，不過是另一種意義。

其他客人也不甘示弱，搶著說「我也要，我也要」，點那一盤兩圓的鹽烤鯛魚[1]。這樣至少可以喝到一瓶酒。不過冷酷無情的老闆，又以沙啞的聲音說：

「也有滷豬肉喲。」

「什麼？滷豬肉？」老紳士莞爾笑說：「我等很久了。」但其實內心頗為惶恐。因為他的牙齒很糟，咬不動豬肉。

「接下來是滷豬肉啊，不錯耶，老闆果然厲害。」其他客人也輸人不輸陣，說著顯而易見的諂媚之詞，爭先恐後點那一盤兩圓，但不曉得能不能吃的滷豬肉。不過也有阮囊已羞澀的落後者，意氣消沉，以小得像六號鉛字[2]的聲音說：

「我不吃滷豬肉。」然後起身結帳：「一共多少錢？」

其他客人目送可憐的敗北者離去後，帶著愚蠢的優越感也興奮起來，甚至說出這種瘋話：

「啊，今天吃得好飽。老闆，還有沒有什麼好吃的？拜託再來一盤。」

已經搞不懂究竟是來喝酒，還是來吃東西。

酒真的是魔物啊。

1 當時十公斤白米，約三圓多。鹽烤鯛魚兩圓極貴。

2 活板印刷的鉛字依大小有分號數，通常為初號到六號，六號是最小的字。

漫談服裝

曾有一段時期，我對服裝很講究。那是我就讀弘前高中一年級的時候，我會穿著條紋和服繫上角帶走在路上，也會穿著這身打扮去女師傅那裡學習義太夫[1]。不過，這種狂熱也只有短短一年的時間。後來我就憤而把它們全部扔了，並沒有什麼高深的動機。高一寒假，我來到東京玩，有天晚上，我穿著這種風流雅士的服裝，啪的一聲撥開黑輪店的繩簾，對賣黑輪的小姐說：

「喂，小姐，來一瓶熱的。」

「熱的」，我還裝模作樣模仿令人作嘔的所謂風流雅士的口吻說。不久，我勉

1 義太夫節，簡稱義太夫，日本淨瑠璃的一種，以三味線伴奏的說唱敘事表演。

強喝著熱酒，以不太流利的口齒，把以前學的粗魯語彙搬出來大說特說，說到「妳在說什麼呀」的時候，賣黑輪的小姐忽然以開朗的笑容，天真地說：

「你是東北人吧。」

她或許是想討我歡心，但我覺得很掃興。我又不是大笨蛋。那天晚上，我憤而扔掉那些風流雅士的衣服。之後，我努力穿普通衣服。不過，因為我的身高有五尺六寸五分[2]（雖然有時量出五尺七寸以上，但我不相信），所以走在路上也有些引人側目。大學的時候，我自認穿著普通，但朋友還是給我忠告，說我的橡膠長統靴太奇怪。穿橡膠長統靴很方便，不需要穿襪子。無論已套著足袋或光著腳，都不用擔心被人識破。我通常光著腳穿。橡膠長統靴裡很暖和。出門時，也不用像一般鞋帶靴，蹲在玄關老半天就為了綁鞋帶，只要把腳伸進去即可出門。脫的時候也方便，可以雙手舒服地插在口袋裡，把腳向空中一踢就脫掉了。無論碰到水窪或泥濘地，都可以蠻不在乎地昂首闊步。橡膠長統靴是珍寶。如此方便又好用的東西，為什麼不能穿上街？可是一位好心的朋友說這實在太奇怪，勸我不要穿，還說：

「你連晴朗的日子也穿，看起來只是想標新立異。」

也就是說，他認為我是為了耍酷才穿橡膠長統靴出門。這真是天大的誤解。我在高一就已痛切明白，我要成為風流雅士是不可能的，之後在食衣住方面都偏愛簡便廉價的東西。不過因為我的身高、我的臉孔、甚至我的鼻子，確實都比別人大一號，似乎特別惹眼，所以縱使我真的只是隨意戴上鴨舌帽，朋友也會好心勸我：

「哎喲，怎麼戴起鴨舌帽，你這又是打哪兒想到的，太不適合你了，很怪異喔，還是別戴得好。」

害我不知如何是好。什麼都比別人大一號的男人，修養也必須比別人大一倍。我自認已躲在人生的角落盡量低調了，但別人卻不以為然。我還曾自暴自棄地想過，乾脆像林銑十郎[3]閣下那樣留個八字鬍。不過想到一個只有鬍子特別了不起的男人，在這個只有六疊、四疊半、三疊的小房子裡走來走去，怎麼想都很奇怪，不得不打消念頭。有一次朋友非常認真地述懷：

2 約一七〇公分。

3 林銑十郎（1876-1943），日本陸軍上將，第三十三任日本內閣總理大臣。

「要是蕭伯納出生在日本，恐怕無法過作家生活吧。」

我竟也思考起日本現實主義的深度，認真回答：

「總之，這是心態問題啊。」

接著又準備陳述兩、三個意見時，朋友竟笑說：

「不對，不對，蕭伯納的身高有七尺吧？七尺的小說家無法在日本生存喔。」

說得泰然自若。

原來如此，我被耍了。但我對朋友這種天真的玩笑，無法由衷笑出來，反倒讓我打了冷顫，心想要是多高一尺！後果真是不堪設想。

我在高一就已察覺到時尚流行的無常，後來自暴自棄，對於穿衣也不再挑三揀四，手邊有什麼就湊合著穿，自認外出穿得很普通，卻成為朋友批評的對象，因此我心生畏怯，又暗自開始講究服裝。說是講究，但我每每被迫體認到自己有多粗俗，因此從來沒有那種想穿那個、或想用這塊古代布料訂做大褂之類的風雅欲望，只是別人給什麼，我就乖乖穿上。此外，不知為何，我極度吝嗇花錢買自己的衣服、襯衫或木屐。每當要把錢花在這裡，我就痛苦得要命。帶著五塊錢出門買木屐，卻在木屐店前徘徊猶豫，心亂如麻，結果下定決心跑進木屐店隔壁的啤酒屋，把五塊錢全部花光。我一直認為木屐和衣服不該花自己的錢買。其實到三、四年前，我故鄉的母親每個季節都還會寄衣服和其他東西給我。我和母親已十年不見，她可能沒想到我已經是堂堂的鬍子男，寄來的衣服實在太過花俏。穿上那件寬大碎白花紋單衣[4]，我簡直像最下級的相撲力士。或是穿上那件染滿桃花充當睡袍用的浴衣，就像巡迴公演上不了台，在後台發抖的新派老頭子演員。實在醜到不能再醜。不過我還是堅守「別人給什麼，我就乖乖穿上」的原則，縱使內心很不甘願，也會大剌剌地穿著它，盤腿坐在房間的中央抽菸，偶爾朋友來訪看到我這副模樣，忍不住噗嗤失笑，我悶悶不樂地起身，把這些衣服送進出租倉庫裡。現在，母親已不會再寄衣服給我，我理所當然必須靠自己的稿費買衣服。可是，對於給自己買衣服這件事，我極端吝嗇，因此這三、四年裡，我只買了一件夏天的白絣[5]，和一件

4 沒有內裡的單層和服。
5 白底織上深藍、黑色或茶色碎花紋的和服。

久留米絣[6]的單衣。其他全部，包括以前母親寄來的衣服，全部放在出租倉庫裡，必要時才去拿出來穿。話雖如此，但現在外出時，從夏天到秋天，我穿的衣服也只是盛夏一件白絣，天氣轉涼後就交替穿久留米絣的單衣和銘仙的絣單衣。居家時一律穿浴衣加寬袖棉袍。銘仙的絣單衣是我已故岳父的遺物，穿著走路時，下襬清爽舒適。奇怪的是，每當穿這件和服出門玩，一定會下雨，甚至遇過大洪水。或許是已故的岳父在教訓我。一次在南伊豆，一次在富士吉田，我都遇上了大水災。南伊豆是在七月上旬，我下榻的溫泉小旅館遭濁流吞噬，差點整個被沖走。富士吉田則是八月底的火祭那天。住在當地的朋友邀我去玩，我回說天氣還太熱，等涼一點再去，結果他又來信說，吉田的火祭一年只有一次，而且吉田已經很涼了，下個月就會轉冷，字裡行間看得出他很生氣，於是我趕緊動身前往吉田。出門時，內人說出這種潑冷水的話：「穿這件衣服，又會遇到洪水喔。」讓我有種不祥的預感。到八王子那裡，天氣還很晴朗，但在大月改搭前往富士吉田的電車後，開始下起大豪雨。電車擠滿要登山或遊覽的男女乘客，根本動彈不得，人人嘴裡不停抱怨著外面的豪雨，說什麼「啊，真討厭，這下傷腦筋了」。穿著已故岳父「雨衣」的我，覺得這場豪雨的罪魁禍首就是我本人，內心充滿罪惡感抬不起頭。到了吉田，雨勢愈來愈猛，我和來車站接我的朋友，急忙衝進火車站附近的料亭。朋友說對我過意不去，但我知道這場豪雨肇因於我穿的銘仙和服，反倒覺得對不起他。可是這件事罪孽深重，我不敢說出來，因為火祭也被這場豪雨搞砸了。據說每年富士山封山這天[7]，為了答謝木花咲耶公主[8]，家家戶戶在門口堆起丈餘高的木材，然後點火，比賽誰家的火焰燒得最猛。我從未看過這幕景象，心想今年應該看得到，卻因這場豪雨泡湯了。我們只能待在這家料亭喝酒，慢慢等雨停。到了晚上，甚至起風了。女服務生將防雨窗板推開一條縫，喃喃地說：

「啊，有朦朧的紅光。」

我們隨即起身，往外頭一看，果然看見南方天空微微泛紅。在這場大暴風雨

6 福岡縣久留米市所產的藏青色棉織布，需經三十多道工序織成，與「備后絣」、「伊予絣」並稱為「日本三大絣」，太宰治是久留米絣的著名愛好者。

7 通常是八月二十六日。

8 富士山的守護女神。

中，不曉得誰煞費苦心，為了答謝木花咲耶公主，至少想盡一點心意而燃起狼煙吧。我寂寥難耐。這場可恨的大暴風雨，也是我這件「雨衣」造成的。倘若我在此刻對這位女服務生坦承，都怪我這個「雨男」在不對的時間傻傻地從東京來到這裡，把吉田男女老幼每月每日屈指細數、引頸期盼的火祭搞砸了，我大概會立刻被吉田居民綁在布袋裡圍毆吧。所以我還是昧著良心，沒把自己的罪過告訴朋友和這位女服務生。深夜，雨終於變小後，我們走出料亭，一起下榻在池塘邊的大旅館。翌日清晨，天氣倏然轉晴，我和朋友道別，想搭巴士越過御坂嶺去甲府，但巴士過了河口湖約二十分鐘開始爬坡時，竟遇到可怕的山崩路段，十五名乘客只好下車，拉起和服下襬夾在背後的腰帶上，三三兩兩開始爬山，一行人決心爬過這座山嶺。但走了一段好長時間，遲遲未見甲府來的巴士接應，只好放棄前進又折了回去，徒勞地又搭上原本的巴士回到吉田町。這一切也是我的「魔鬼銘仙」害的。下次若聽到哪裡在鬧乾旱，我一定要穿這件和服去那裡走啊走地到處亂逛，說不定會下起滂沱大雨。如此一來無力的我，也許能在意想不到的地方所有貢獻。我的單衣，除了這件「雨衣」，還有一件久留米絣。這是我第一次用稿費買的和服，因此我非常珍惜，只有參加非常重要的場合，我才會穿上它。我自認這件衣服是一流的盛裝，但別人卻不以為然。我穿這件衣服出門時，談事情也不太順利，大抵都遭到輕蔑。或許看在別人眼裡，只是一件普通衣服。我在回家路上一定會反骨臭罵「可惡」，不知為何也一定會想起葛西善藏[9]，更加深了絕不放棄這件衣服的執著。

從單衣轉到袷衣的過程裡，有段期間比較麻煩。九月底到十月初，大約十天，我總憂愁到無以復加。我有兩件袷衣，一件是久留米絣，另一件是什麼絹綢的。兩件都是以前母親寄給我，花色都細緻素雅，所以我沒有拿去寄放在街上的出租倉庫裡。我的個性無法只穿絹綢和服、不穿男性裙褲，踩著絨布草屐，拄著手杖走路，因此對這件絹綢和服也敬而遠之。這一、兩年，只有陪朋友去相親，還有過年去內人的甲府娘家，穿過兩次。我當然沒有穿絨布草屐和拄手杖。我穿了裙褲和一雙用整塊木頭刻的新木屐。我討厭絨布草屐，並非在炫耀自己粗獷。絨布草屐乍看很優

9 葛西善藏（1887-1928），日本小說家，與太宰治同是青森縣人，小說多描寫貧困與家庭生活重擔，以及世間批判其拋棄糟糠之妻的強烈抵抗，真摯感人，引人共鳴。

雅，而且穿去劇院、圖書館或其他大樓時，無須像木屐必須脫下交給保管鞋子的人。其實我也曾穿過一次，可是腳底踩在滑溜溜的草蓆鞋面上，總令我不安焦躁，疲累程度是木屐的五倍。我穿一次便敬謝不敏。此外手杖也是，拄著手杖走路看起來像紳士學者，感覺似乎也不差，但我身高比一般人高了點，不管什麼手杖對我來說都太短，硬要抵著地面走路，我必須彎腰才行。這樣彎腰拄杖走路，看起來很像要去掃墓的老太婆吧。五、六年前，我發現細長的登山杖，於是拄杖走在路上，果然又遭人憤然抨擊品味低俗，我只好慌忙收起。但我不是為了品味才拿登山杖，實在是一般手杖太短，無法好好拄著走路，馬上會心煩氣躁。堅固耐用又細長的登山杖，對我的身體是必要的。人家也告訴我手杖不是拄著走路，而是拿著走路，可是我最討厭拿著東西走路。外出旅行時，為了盡量雙手空空搭火車，也下了很多工夫。不只是旅行，走在人生的旅途上，拎著太多行李，無疑是陰鬱的源頭。行李愈少愈好。出生三十二年來，漸漸開始背負重擔的我，何必連散步都拿著麻煩的包袱呢。我外出時，即使不好看，也會盡量把東西塞進懷裡，但手杖就塞不進去了，只能扛在肩上，或吊在一隻手上拿著走。真的麻煩透頂。而且路上的狗可能會懷疑這是武器，對我狂吠不已，真是一點好處也沒有。總之，穿絹綢和服不穿裙褲，穿絨布草屐，拄手杖，外加白足袋，這種裝束我實在做不來。或許是生性寒酸吧。附帶一提，離開學校七、八年來，我從沒穿過西裝。我不是討厭西裝，不，豈止不討厭，甚至很嚮往這種服裝，覺得它便利輕快。但我沒有半件西裝，所以也沒得穿。故鄉的母親也不會寄西裝來。況且我的身高有五尺六寸五分，現成的西裝穿不下，訂做的話，必須連同鞋子、襯衫及其他配件一起買，起碼要花一百圓以上。我對衣食住很吝嗇，叫我花一百多圓去買整套西裝，乾脆叫我從斷崖投身怒濤吧。有一次，要出席N氏的新書發表會，我除了身上穿的寬袖棉袍，沒有一件像樣的和服，因此向友人Y君借了西裝、襯衫、領帶、鞋子、襪子等全部穿上，卑屈地笑著出席。結果那時也是惡評如潮，說什麼「你居然穿西裝，真罕見哪。可是不搭喔，你穿不好看！」或是「怎麼又來了！」對我冷嘲熱諷。連借我西裝的Y君都在會場角落向我低聲抱怨：「都是你害的，連我的西裝都遭到惡評。以後我也不敢穿這件西裝出門了。」只穿一次西裝便落得如此下場，使我更不想花一百圓去訂做西裝，下次再穿西裝又會是什麼時候呢？想必遙遙無期吧。暫時只能穿現有的和服，別無他法。前面也提過，我有兩件給衣，我不太喜歡絹綢的那件，最喜歡的還是久留米絣那件。我穿粗俗的書生風和服最自在。我祈願一生都能穿書生風和服。每逢參加聚會前夕，我都會把這件和服折好放在墊被下睡覺。就像入學考試的前一晚，感到些許興奮。對我而言，這件和服就像殺敵的盛裝。每到了可以穿這件和服大搖大擺外出的深秋，我就鬆了一大口氣。因為從單衣轉到給衣的過渡期，我沒有適當的衣服可以穿出門。過渡期，最讓我這個無力者不知所措。每當到了夏秋之交的過渡期，我都深感困惑。穿給衣還太早，我又很想快點穿那件久留米絣的給衣，但這樣白天會熱到受不了。堅持穿單衣的話，又顯得太貧寒。反正我本來就貧寒，或許很適合馱著背、打著哆嗦走在晚秋蕭瑟的寒風中。但如此一來，人們可能又會罵我，說我故意示窮、假裝乞丐嚇人、鬧彆扭之類的。畢竟像寒山拾得[10]那樣，以過於怪異的裝束混淆別人的心神，藉以壓制別人也不是好事，因此我盡量想穿得普通點。簡單地說，我沒有毛料和服。我很想要一件好的毛料和服。其實我有過一件，那是我念高中愛漂亮時偷偷買的，一件淡紅色條紋縱橫交錯的毛料和服。但我追求時髦的夢醒之後，覺得這實在不是男人穿的衣服，明顯是女裝。那段時期，我一定是沖昏了頭，才會把這種毫無意義也談不上花俏，幾乎是四不像的衣服穿在身上，扭扭捏捏地走在路上。如今回想起來，我只能掩面呻吟。根本不敢再穿，連看都討厭。我把這件毛料和服，永久寄放在那個倉庫裡。但去年秋天，我整理了一下那個倉庫裡的衣服、毛毯、書籍，準備把不要的東西賣掉，要用的帶回家。回家後，我在內人面前，打開大包袱巾時，連我自己都心驚膽跳，霎時面紅耳赤。因為我婚前的荒唐懶散，此刻如實地呈現在眼前。髒兮兮的浴衣，就這樣髒兮兮地塞進倉庫裡；屁股破洞的寬袖棉袍，也揉成一團塞進倉庫裡。沒有一件像樣的東西，淨是又髒又臭又發霉，而且圖樣怪異花俏的東西，怎麼看都不像是正常人的衣物。我邊解開包袱巾，邊自嘲地說：

「我是頹廢派的喲。賣給收破爛的算了。」

「太可惜了。」內人不嫌髒地一件件檢視：「這件是純毛的喔。改一改拿來穿吧。」

10 寒山與拾得兩位隱僧，為中國唐朝著名詩僧，舉止怪誕。

我定睛一看，正是那件毛料和服。我狼狽地想衝出家門。我記得這件毛料和服明明放在倉庫，怎麼會在包袱巾裡？至今我仍不明所以。可能是哪裡弄錯了吧。失敗。

「這是我很年輕的時候穿的。很花俏吧。」我壓抑內心的驚慌，以若無其事的語氣說。

「這還能穿啊。你沒有半件毛料和服，這件剛剛好。」

這哪能穿啊。在倉庫裡放了十年，顏色也變成很奇怪的羊羹色。淡紅色縱橫交錯的條紋，變成髒兮兮的青柿色，活像老太婆的衣服。如今我更受不了這件詭異的衣服，偏過頭去。

今年秋天，我有一份稿子一定要在這天寫完。一早就從床上跳起來，赫然發現枕邊放著一件摺得很整齊，沒看過的衣服。原來是那件毛料和服。季節即將進入秋冷。這件毛料和服經過清洗，重新縫製，變得有些漂亮，可惜布料本身的羊羹色與條紋的青柿色依然不見改善。不過這天早上我必須工作，沒空去煩惱衣服的事，二話不說就穿上，早飯也沒吃就開始寫稿。過了中午終於寫完，鬆了口氣之際，有位久違的朋友突然來訪。來得正是時候。我和這位朋友一起吃午飯，閒話家常，然後出去散步。到了我家附近的井之頭公園森林時，我終於意識到自己慘不忍睹的模樣。

「啊，糟糕。」我不由得低吟，隨即停下腳步：「這實在很糟糕。」

「怎麼了？是不是要拉肚子……」朋友擔憂地蹙起眉頭，盯著我看。

「不，不是拉肚子。」我苦笑：「這件衣服很奇怪吧？」

「是有點怪。」朋友認真地說：「有點太花俏了。」

「這是我十年前買的。」我又舉步開始走，「很像女裝，而且顏色也變了，所以更奇怪……」我頹喪得連散步的心情都沒了。

「不要緊啦，沒有那麼醒目。」

「是嗎？」我稍微恢復精神，穿越森林，步下石階，走在水池邊。

但我還是難以釋懷。我已是三十二歲，滿臉腮鬍的大男人，自認多少也經歷了一點滄桑，卻穿著這種低級趣味、猶如惡搞般的衣服，踩著磨損的木屐，無所事事地在公園遊蕩。認識我的人，可能會更加輕蔑我，說那傢伙還是一樣惹人厭，明明勸他別穿了。長年來，我一直被誤解為怪人。

「怎麼樣？要不要去新宿那邊走走？」

「別開玩笑了。」我搖搖頭，「穿這副德行走在新宿街頭，萬一被熟人看到，我的風評只會愈來愈差吧。」

「不會啦。」

「不，我不要去。」我頑固拒絕，「我們去那邊的茶店休息吧。」

「可是我想喝酒哩。好啦，去市中心啦。」

「那裡的茶店也有啤酒。」我就是不想去市中心。衣服也是原因，再加上今天寫完的小說不甚理想，心中焦慮不安。

「別去茶店啦，太冷了我受不了。我想找個安靜的地方喝酒。」我聽說他最近也發生很多不愉快的事。

「那去阿佐谷如何？新宿我實在沒興趣。」

「那裡有好的酒館嗎？」

其實也不是多好的酒館，只是之前我常去那裡，即便我穿得怪里怪氣，人們也不會以異樣的眼光看我，就算帶的錢不夠，也可以賒帳下次再付，還有那裡沒有女服務生，純粹賣酒，也無須在乎穿著打扮。

傍晚，我們在阿佐谷車站下車，一起走在阿佐谷街上，我難受得不得了。我這寒山拾得的模樣，映在商店的玻璃櫥窗上。我的衣服看起來很紅，令我想起穿著大紅袍做八十八歲大壽的老翁模樣。在這個艱難的世上，無法積極地幫上任何忙，在文壇也闖不出任何名號，十年如一日，穿著磨損的木屐，徘徊在阿佐谷街頭。偏偏今天又穿了紅色衣服。我也許永遠是個失敗者。

「不管到幾歲，大概都一樣吧。雖然我已經自認很努力了。」走著走著，我不禁發起牢騷：「文學就是這麼回事嗎？看來我是不行啊。穿著這付德行在外頭走路。」「服裝還是要端正一點才行。」朋友安慰我：「在公司裡，我也吃了不少這方面的虧呢。」

他在深川的一間公司上班，也是不會把錢花在服裝上的人。

「不，不只是服裝，而是更為根本的精神喔。因為一路受了不好的教育。不過，魏倫[11]還是很棒啊。」魏倫和紅色衣服究竟有何關連？連我自己都深感唐突，非常難為情。通常我自感零落，意識到自己是失敗者時，一定會想起魏倫哭喪的臉，因此得到救贖。會想要活下去。他的軟弱，反而給我活下去的希望。我深信若非來自懦弱的極致內省，無法發出真正莊嚴的光明。總之，我想試著繼續活下去。亦即，本著最高的自尊與最低的生活，試著活下去。

「搬出魏倫很誇張吧？畢竟穿了這件衣服，說什麼都無法得到慰藉呀。」我覺得很難受。

「不會啦。」朋友只是輕輕笑說。街燈亮起。

這晚，我在酒館犯了大錯。我打了這位好朋友。罪過，要算在這件衣服頭上。這陣子我很努力地修養心性，凡事盡量忍耐陪笑，所以都沒有動過粗，但這晚我動手打人了。我相信，這一切都是紅色衣服的錯。衣服對人心的影響很是恐怖。這晚，我以非常卑屈的心情在喝酒，鬱鬱寡歡，悶悶不樂。連對酒館老闆也卑屈客套，坐在角落的陰暗處喝酒。但我這個朋友，今晚不曉得吃錯什麼藥，情緒特別高昂，把古今東西的藝術家臭罵一頓，罵得太激動，竟然還去挑釁老闆。我知道這位老闆有多可怕。有一次，一位先前沒見過的年輕人，也像我這個朋友一樣發酒瘋，向別的客人挑釁，此時老闆忽然變了一個人，擺出嚴肅的表情下逐客令：

「你知道現在幾點了嗎？請你出去。不要再來了。」

我認為這個老闆是個可怕的人。而我的朋友，現在正在發酒瘋挑釁老闆，我看得心驚膽跳，生怕我們兩個也會嘗到被趕出去的恥辱。要是平常的我，才不會在意這種被趕的恥辱，一定會加油添醋和朋友一起叫囂，但這晚我被自己詭異的衣服搞得很懦弱，因此很在乎老闆的臉色。我小聲勸阻朋友：「喂，別這樣，別這樣。」但他的舌鋒卻愈來愈尖銳，整個情勢已來到被下逐客令的前一步。此時我急中生智，想起弁慶為了救主君源義經，施展苦肉計鞭打義經的故事。於是我下定決心，以盡可能不會痛的程度，盡可能很大聲地「啪！啪！」甩了朋友兩巴掌。

「喂，你振作點！你平常不是這樣的啊。今晚是怎麼了？振作點啊你！」

我故意說得很大聲，讓老闆也能聽到，這樣應該不會被趕出去了。正當我鬆了

---

11 保羅・魏倫（Paul Verlaine 1844-1896），法國象徵派詩人。

一口氣之際，義經卻站起來嗆弁慶，大聲嚷嚷：

「你竟敢打我！我不會放過你！」

戲應該不是這樣演的。體弱的弁慶狼狽起身，連忙左閃右閃之際，可怕的事情終於發生了。老闆立刻來到我這邊，對我下逐客令：

「請你出去。這樣會妨礙到其他客人。」

仔細想想，剛才動粗的人確實是我。弁慶的苦肉計，別人不懂也是理所當然。客觀來說，動粗的罪魁禍首確實是我。於是老闆把我趕了出去，留下發酒瘋大聲嚷嚷的朋友。我又氣又恨，懊惱得無以復加。都是服裝害的。要是我穿件像樣一點的服裝，老闆多少會肯定我的人格，我就不用遭受被趕出店外的恥辱。穿著紅衣服的弁慶，駝著背，在深夜阿佐谷的街上踽踽獨行。我現在很想要一件好的毛料和服，想要可以泰然自若走在路上的衣服。不過，對於買衣服極端吝嗇的我，今後可能也會為衣服吃很多苦吧。

習題：穿國民服如何？

貓頭鷹通信

我平安完成了一項大任務。妳不知道我完成了什麼大任務吧？畢竟我只在明信片寫了一句：「我接下來要去旅行。」甚至都沒告訴妳要去哪裡。因為我很害羞，也生怕妳知道了會像以往那樣擔心，給我什麼忠告，開始教訓我，所以我故意不說目的地就出發去旅行。日前，我那篇甜蜜的短篇小說在電台播出時，我祈禱不要讓任何人注意到。尤其是被妳聽到的話，我真的要找個地洞鑽進去。因為那真是很甜蜜的小說。我平常小氣吝嗇，但花起錢來卻又揮霍無度，所以始終存不了錢。總是為了省一塊錢反而花了一百塊。況且我忍受貧窮的能力很弱，做不來的工作也會硬接下來。因為我想要錢。像我這種鄉下人，根本無法寫電台播放用的小說，明知如此我還是接了下來。這是鄉下人憧憬絢麗事物的可悲弱點吧。我不希望讓妳聽到日前的廣播，見了妳也隻字不提這件事，盡量隱瞞，可是運氣不好，妳竟然碰巧在上野的牛奶店[1]聽到這個廣播，隔天寫了一篇相當直接了當的感想文給我，看得我面紅耳赤，啞口無言。關於這次的旅行，我也不想讓人知道，打算永遠保密，但生性膽小的我實在無法隱瞞到底，反倒把這次旅行的丟人事件全盤說給妳聽。我想這樣比較好，說出來心裡也會舒爽許多。即使能瞞得過一時，總有一天一定會被拆穿。廣播的事也是如此。所以我決定以坦然磊落的態度來面對。我正下榻在新潟的旅館。這間旅館似乎一流，我的房間也是旅館裡最好的。我被當作「東京名士」款待。今天下午一點，我在新潟的高中做了一場兩小時的演講。我說的「大任務」就是這件事。而我也完成這項大任務，此刻回到旅館，正在提筆向妳忠實報告。

我於今晨抵達新潟，兩個學生來車站接我，好像是學藝社的委員。我們從車站走到旅館，大概有幾百公尺吧。妳也知道，我很不擅長測量距離，無法正確告訴妳有多遠，總之大約走了二十分鐘。新潟的市街乾燥多塵，丟棄在路上的報紙隨風翻飛，猶如模型軍艦快速奔馳在寬廣的道路上。道路寬得有如河川，因為沒有電車的車軌，看起來更白更寬闊。我也走過萬代橋[2]，看到信濃川的河口，沒有什麼特別的感慨。這裡比東京冷了點，我很後悔沒帶披風來，只穿了久留米絣的裙褲來，也沒戴帽子，手提包裡只放了毛圍巾和一件厚襯衫。抵達旅館，我立即就寢，但不知為何就是睡不著。

快到中午時，我起床吃飯。生鮭魚很好吃，好像是在信濃川捕的。味噌湯的豆腐又軟又嫩美味極了，於是我問女服務生：「新潟的豆腐很出名嗎？」她回答：「不知道耶，沒聽過這種事，是！」這個「是」的說法很特別，感覺像片假名，有些生硬。將近下午一點時，學生們驅車來接我。聽說學校蓋在海邊的砂丘上。我在車裡問：

「上課也聽得到海浪聲吧。」

「聽不到。」學生們面面相覷，不禁失笑。或許是在笑我這個老派的浪漫主義吧。到了學校正門口下車，放眼望去，校舍是青柿色的木造低矮建築，猶如躲在砂

1 大正、明治時期，日本政府為了改善國民體質推動喝牛奶，主要以提供牛奶為主的飲食店，後來發展成以標榜懷舊氣氛的輕食店或咖啡廳。

2 新潟信濃川上的名橋，被指定為日本重要文化財。

丘陰影處的兵舍。我發現三、四個女人的笑臉，在玄關旁的窗戶偷看我們，可能是辦事員吧。早知道我就穿著體面前來。步上玄關時，我也對自己粗劣的木屐感到難為情。

來到校長室後，我只顧著四處張望。帶領我的學生告訴我，以前芥川龍之介也曾來這所學校演講，那時他對講堂的雕刻讚不絕口。我想我也得讚美個什麼，於是四下張望，但找不到想讚美的東西。

不久後和前來的班導師打過招呼，便前往會場。會場裡除了學生，也來了一般市民。有五、六個女人坐在角落處，我一進去，她們就拍起手來。我報以微笑。

「我這次來沒有特別準備，在旅館躺著想了又想，還是想不出具體內容。我料到可能會有這種情形，所以從東京帶來兩本我的作品集。看來也只好讀這兩本作品集了。我在讀的時候或許會想到什麼，想到的話，我再和大家分享。」

我讀了初期作品《回憶》的第一章，然後稍微談了一下私小說，也談到告白的限度。我拼命壓抑滿腔的難為情，結結巴巴地說著閃過腦海的隻字片語，也說了一些暴露自己底細的愛情故事。但說了一會兒之後，我愈來愈不想說，因此常常中斷。我喝了四、五杯水，拿出另一本作品集，是近作《跑吧，美樂斯》，大聲朗讀。讀著讀著又有想說的事，於是喝了水，這次談的是友情。

「青春，是友情的糾葛。想努力證明友情的純真，往往弄得彼此痛苦不堪，最後落入半瘋狂的純真遊戲。」我如此說道，然後談到樸直的信賴，並告訴學生們一首席勒[3]的詩，向他們說不要放棄理想。說到這裡，我已經竭盡心力，演講也到此結束。前後花了一個半小時。接下來應該會有座談會，但委員向我建議：

「您好像很累了，休息一下吧。」

但我說：

「不，我不要緊。反倒累的是你們吧。」

引來哄堂大笑。我已疲累不堪，但依然硬撐下去。這一點和妳一樣。

於是大家坐著休息十分鐘後，我將座位移到學生當中，等候大家發問。

3 弗里德里希・席勒（Friedrich Schiller 1759-1805），德國十八世紀著名詩人、哲學家、歷史學家和劇作家。

「剛才您提到書寫幼年時代的事，要變成小孩的心來寫，這很難吧。所以身為作家還是會以成人的心思鋪陳嗎？」這個問題問得真好。

「不，關於這件事，我倒是很放心。因為我到現在還是小孩。」大家都笑了。我並非有意逗大家笑，只是認真說出我的悲嘆。

由於發問並不踴躍，迫於無奈，我只好像獨白般說了很多話。譬如人們為何非得說「謝謝」、「對不起」之類的客套話。覺得該說的時候，人們認為一定要說，不說就無法互相理解，這是很掃興的事實。卑屈並不可恥。一般稱為「被害妄想」的心理狀態，也未必是精神病。自制、謙讓是一種美，但一臉蠻不在乎的國王也很美。哪個比較接近神？這我就不知道了。

我想到什麼就說什麼，說了很多，也談到罪惡感。不久，委員起身說：「那麼，座談會到此結束。」這時一種宛如在說「搞什麼嘛」無奈又安心的笑聲在觀眾席蔓延開來。

我的任務就這樣完成了。不，晚點還得和自願陪同的學生，一起去街上的「義大利軒」西餐廳吃晚餐，之後才能真正自由。演講結束後，我在掌聲中離開會場，來到微暗的校長室，和班導師聊了一下，收到一個用紅白花紙繩繫得漂漂亮亮的紙袋。走出校門時，看到五、六個學生呆呆地站著門邊。

「我們去看海吧。」我主動開口，逕自走向海邊。學生們默默地跟上來。

日本海。妳看過日本海嗎？黑色的水，結實的浪。佐渡島，猶如臥牛[4]般悠哉地橫躺在水平線上。天空低霾。那是無風靜謐的黃昏，但天際飄著朵朵烏雲，一片陰鬱景象。此時我也頗能體會芭蕉吟唱「荒海啊，天河橫佐渡」的傷心。但這位老爹是很狡猾的人，說不定是在旅館輕鬆愜意地做了這首詩，不能輕易相信。夕陽逐漸西沉。

「你們看過旭日吧。旭日果然也有這麼大吧。我還沒看過旭日呢。」

「我爬富士山的時候，看過旭日上升的景象。」一位學生回答。

「那時怎麼樣？也有這麼大嗎？像這樣宛如血在沸騰顫動嗎？」

「沒有，好像有點不一樣。沒有這麼悲愴。」

4 一種多肉植物。

「這樣啊，果然不一樣啊。旭日果然是偉大的，而且是新鮮的。落日就有點腥味，一種倦魚的腥味。」

砂丘慢慢暗了下來，遠處可見點點的散步人影。但看起來不像人的身影，比較像鳥。據說這片砂丘逐年遭海水侵蝕，已經往後退了許多。這是滅亡的風景。

「這個好。會是我難忘的回憶之一。」我裝模作樣地說。

我們告別海邊，走向新潟市區。不知不覺中，我後面已經跟了十多個學生。新潟市區有一種新開發地的感覺，但到處可見老舊廢屋，連拆都嫌麻煩地被擱在那裡。看到這幕景象，會讓人有種不可思議的文化感，意識到這是明治初期繁榮一時的港口，連我這種遲鈍的旅行者都看得出來。進入巷子後，路中央有寬約十公尺的河流。大部分的巷子裡，都有這種河流。水流緩慢，慢到讓人看不出流向。很像大溝渠。水很濁，看起來很不乾淨。兩岸一定有成排的柳樹。柳木很大，比銀座的柳樹更像真正的柳樹。

「俗話說水至清則無魚。」我又開始說無聊話：「不過水這麼髒，魚也待不住吧。」

「有泥鰍吧。」一位學生答道。

「泥鰍？怎麼，這是笑話嗎？」他是想說柳樹下的泥鰍[5]這種俏皮話吧，但我不喜歡這種無聊笑話，而且年輕學生開這種無聊玩笑而洋洋得意的心態，我也覺得很窩囊。

我們到了「義大利軒」。這家餐廳很有名。妳或許也聽過這間餐廳，據說是明治初期一位義大利人開的。二樓的大廳，掛著這位義大利人穿著繡有家徽和服的巨幅照片，看起來很像葡萄牙海軍士官莫拉艾斯[6]。據說他以外國馬戲團的團員身分來到日本，被馬戲團拋棄，後來發憤圖強在新潟開了餐廳，而且相當成功。

我和十五、六個學生，以及兩位老師共進晚餐。學生們說話也愈來愈放肆。

「我原本以為太宰先生是更離譜的人，想不到還頂正常的嘛。」

5「柳樹下的泥鰍」是日本諺語，意指偶爾在柳樹下抓到一隻泥鰍，不一定會有下一次。比喻不能因一次幸運就如法炮製。

6 莫拉艾斯（Wenceslau José de Sousa de Moraes 1854-1929），葡萄牙第一位駐日本大使，在日本娶妻，並終老一生。

「生活上，我盡量過得合乎常理。因為蒼白憂鬱，反而顯得俗氣。」

「您不覺得擺出作家的樣子生活是一件壞事嗎？我想也有人渴望當作家，但卻忍耐去做別的工作。」

「這剛好相反。應該說做什麼都做不來，所以才成為作家。」

「那麼我有希望囉。因為我做什麼都不行。」

「你至今沒有失敗過吧？究竟行不行，要自己實際做做看，跌倒了受傷了才能說這句話。什麼都沒做就說自己不行，這只是怠惰。」

吃完晚餐後，我和學生們道別：

「上了大學後，遇到什麼困難，歡迎各位來找我談。作家或許一無事處，但這種時候，說不定能派上一些用場。好好用功念書。臨別之際，我能說的只有這個。各位，好好用功念書吧。」

和學生們告別後，我想喝點酒，走進一棟房子。那裡的女人看到我的裝扮，不經意地說：

「你是劍道老師吧？」

劍道老師一臉正經，現在回到了旅館，脫掉裙褲，立刻坐在桌前，寫這封信。外頭開始下雨了。若明天是好天氣，我打算去佐渡島看看。我之前就想去佐渡看看。這次我接受新潟高中的邀請來到這裡，其實是企圖順便去佐渡看看。演講不太能成為一種修行，劍道老師當一天也就夠了。

貓頭鷹，在秋日黃昏，獨自笑了。我想這是其角[7]的俳句。

寫於十一月十六日深夜

7 寶井其角（1661-1707），江戶前期的俳句詩人。

新郎

日子只能一天一天好好地過，別無他法。別煩惱明天的事。明天的煩惱明天再煩。我想開心、努力、溫柔待人地過完今天一天。藍天最近也湛藍美麗，美得令人想去泛舟。山茶花的花瓣有如櫻蛤[1]，飄落時會發出聲音。今年第一次看到如此動人的花朵，很是驚豔。一切都令人眷戀。只是抽根菸就感動得想哭，於是心存感激慢慢地抽。當然我沒有真的哭，只到不禁會心一笑的程度。

我對家人也明顯地愈來愈好。以前小孩在隔壁房間哭，我都裝作沒聽到，最近會起身去隔壁房間，笨拙地抱起小孩，搖啊搖地哄他。為了不忘記小孩的睡臉，我

1 一種櫻粉色的貝類。

甚至會在半夜偷偷凝視他。這是最後一面？怎麼可能，但的確是類似的心情。我相信這孩子一定會健康長大。不知為何，我總如此覺得。我心無罣礙。即便外出，也會儘早回來，在家吃晚飯。餐桌上沒什麼菜，但我卻很享受。沒什麼菜，卻很享受，而且刻骨銘心。內人一臉愧疚地道歉，說對不起。我卻拼命誇讚她做的菜，說很好吃。內人笑得很無奈。

「佃煮[2]不錯耶。這是蝦子的佃煮吧？妳居然買得到。」

「都已經乾扁了。」內人沒自信。

「就算乾扁了，蝦子還是蝦子。我最喜歡吃蝦子。蝦子的鬍鬚有鈣質喔。」我在瞎扯。

餐桌上有佃煮、醃白菜、滷烏賊……僅只如此。而我一味地誇讚。

「這個醃菜真好吃，醃得剛剛好。我從小最喜歡吃醃白菜。只要有醃白菜，我不會想吃別的菜。那種清脆的口感，真是讓人欲罷不能啊。」

「最近也沒賣鹽巴了，」內人還是很沒自信，一臉愁苦。「想做醃菜，卻不能盡情地用鹽。要是多放點鹽巴會更好吃。」

「不，這樣剛剛好。我不喜歡吃太鹹。」我說得很堅定。誇讚難吃的東西，覺得很爽快。不過偶爾也會失敗。

「今晚吃什麼？這樣啊，什麼都沒有啊。這樣的夜晚也有一種樂趣。來下點工夫吧。對了，來做海苔茶泡飯吧，感覺挺風雅的。把海苔拿出來。」我想海苔是最簡單的東西，所以這麼說，但卻搞砸了。

「沒有耶。」內人一臉尷尬。「最近沒有一家店有賣海苔。真是怪了。雖然我不太會買菜，不過最近魚啊肉的，什麼都買不到。我還曾提著空菜籃，站在菜市場哭呢。」她顯得非常沮喪。

我為自己少根筋感到可恥。我不知道家裡沒有海苔，於是怯怯地問：

「有醃梅嗎？」

「有。」

兩人都鬆了一口氣。

---

2 以醬油和砂糖熬煮，成為可長期保存的食物。食材通常是小魚，貝類，昆布等海藻類。

「忍耐點，這沒什麼。只要有米和菜，人就能活下去。日本接下來會變好，愈來愈好。現在我們只要好好忍耐，日本一定會成功。我相信。我相信報上那些大臣說的話，完全相信。他們很努力在拼不是嗎？據說現在是最重要的時期。忍耐點。」我嚼著醃梅，一本正經說著眾所皆知的話給她聽，不知為何，心裡感到很痛快。

有個晚上，我在外面吃晚飯，滿桌山珍海味令我十分震驚，不可思議。我忍著羞恥，悄悄把女服務生叫來，請她幫我包一塊牛排。女服務生相當困惑地說：「這在這裡吃沒關係，可是帶回去違法喔。」但我還是把溫熱的牛排帶回去了。這種樂趣，我也是到了今年才知道。過去，我是不會帶禮物回家的，從來沒有。因為我認為這是不潔、窩囊的事。

「我向女服務生磕了三次頭，費了一番苦心才帶回來的喔。很久沒吃了吧。是牛肉喔。」

「我總覺得在吃藥似的，」內人吃得心驚膽顫。「引不起任何食欲。」

「哎，妳就吃嘛。很好吃吧？大家也都快吃。我已經吃很多了。」

「看你的臉就知道了。」內人小聲說出這句令人意外的話。「我並沒有那麼想吃，以後別再向女服務生磕頭了。」

聽她這麼一說，我有點不好意思，不過放心的成分居多。頓時我感到非常放心。不要緊。我決定不再憂愁家裡的食物。說什麼「這可是牛肉喔」也太沒水準了。不僅是食物，關於家人的未來，我就完全放心吧。小孩一定也能健康長大。我覺得很感恩。

很多大學生會來我三鷹的家玩，裡面有聰明的，也有腦筋不太好的，不過都一樣是正義派。至今沒有一個學生向我借過錢，反倒有學生表示願意借錢給我。他們完全沒有算計，來我家只是想和我聊天。我也從未拒絕過和這些年少朋友見面。無論我工作再忙，他們一旦來訪，我都會說「進來吧」。但我也不能否認，過去的「進來吧」，有些是消極的。也就是說，因為我生性軟弱，確實也曾無奈笑說：「進來吧。我的工作無所謂啦。」我的工作沒有偉大到必須斷然拒絕，趕走訪客。我不知道訪客的苦惱和我的苦惱相比，誰比較深。說不定我的還算輕鬆呢。我怕被人恥笑：「這是幹嘛？居然沉迷於只是好玩的基督遊戲，淨說些俗不可耐、假裝有深度的鳥話，其實你只是裝模作樣的利己主義者吧。」因此不管工作多麼急迫，我都有起身迎接學生的傾向。但那不是誠意十足的歡迎，而是卑劣的自我防衛。沒有任何責任感。只要不惹學生生氣就好。我聽著學生說話，腦子裡在想別的事。不礙事地簡短應和他們，不置可否地笑一笑。我一直在算計我的立場。學生或許認為，我是個害羞靦腆的好好先生。不過，最近我變得善良起來，想說的話也會嚴正坦白地說出來。這和一般的善良不同。我的善良是，毫不斟酌地讓學生看到我的全貌。現在，我有了責任感。來我這裡的人，一個也不能讓他墮落。將來我站上最後的審判台時，若我敢斷言的只有：「可是，我沒有讓任何一個和我相處過的人墮落。」不知道會有多高興。最近我豁出去對學生說忠言逆耳的話，也會怒罵學生。這是我的善良。這時我想的是，即使被這個學生殺了也無所謂。殺我的學生是永遠的蠢蛋。

我也曾在玄關的紙門貼紙條。

對不起，實在很抱歉。若有事，請限談三十分鐘。這個月我有些重要的工作。請見諒。

太宰治

因為我認為，若以隨便敷衍的好心見他們，是一件壞事。我也想開始好好重視自己的工作。為了自己。為了學生們。一天的生活很重要。

後來學生慢慢不來我家了。我覺得這樣比較好。學生離開了我，也認真地在努力吧。

每一天的時間都很寶貴。我想盡可能充實過每一天。不僅是學生，我開始盡量正直地與世上每個人相處。

我收到一張往返明信片，上面如此寫著：

〈女人的決鬥〉、〈越級申訴〉。結果老師的作品，我只能消化成奇怪的小說。我想從老師那裡得到啟示。請你說明一件事。簡單扼要地。

達達主義究竟是什麼意思？拜託你。

鄉下國民小學訓導主任　敬上

我如此回信：

敬覆者，尊函奉悉。有事相詢之際，語氣請稍微客氣點。一個從事小學教育的人，這樣是不行的。

我認真答覆您的問題。至今，我從未自稱達達主義者。我認為我是個笨拙的作家，為了讓人明白我的想法，嘗試了各種文體，但我不認為成功。只是笨拙地努力。我不是在開玩笑。書不盡言。

我是抱著這位國小老師讀信後，會跑來我家臭罵我的覺悟寫的。但過了四、五天，我收到這封長信。

十一月二十八日。

昨夜我疲累過度，今晨聽到七點的鬧鐘響也遲遲不起。望著用來當示範教材的竹子水墨畫，茫然地想著入伍（×月×日）、文學、花籃等事。××縣的地圖與這幅墨竹，蕭瑟地貼在值班室的白牆上，宛如在對我暗示什麼。每當出現這種情緒，我一定會搞砸事情。我忽然想起住在師範學校宿舍時，因為點火燒柴被罵。我想著過去的失敗，臭著一張臉穿上拖鞋，去後門外的井水邊。我覺得渾身倦懶，頭重腳輕，我用手心拍拍後頸，屋外下著傾盆大雨，我戴著斗笠去浴室拿臉盆。

「老師早。」

學校附近部落的兩個小孩，在井邊洗腳。

第二堂課結束後，我在教職員辦公室喝熱水，忽然往窗外一看，滂沱大雨中，一位穿著黑雨衣的郵差費力踩著腳踏車，搖搖晃晃地騎過來。我見狀立刻出去收信。我收到的是意想不到的人的回信。老師，那時，雖然是很普通的話，我……

（中略）

真的很感謝您。我常常因為自己莫名的不遜態度感到後悔。也因為這個毛病，我給人的第一印象總是很差。我明知不可這樣，卻總是一個不留神便再度犯錯。

我也把明信片拿給校長看。校長說：「這件事，你真的該好好檢討。」我也如此認為。

（中略）

我請求老師。

我請求老師相信我深感慚愧。我不是壞人。

（中略）

就此擱筆，我想用這所學校唯一的小風琴，唱一首〈別讓那把火熄滅〉。

敬啟

有些地方我擅自省略了，但以上是那位國小訓導主任寫給我的信。我很高興，也寫了一封答謝信給他。信中我附帶了一句：「無論入伍與否，請努力盡每一天的義務。」

我最近真的認為，要把一天的義務，當作一輩子的義務，嚴肅地努力實踐，不可以敷衍了事。對於喜歡的人，也要儘早不加粉飾地告訴對方。骯髒的算計就別做了。無悔地坦率行動。剩下的，只能交給天意。

日前，我收到嬸嬸寫來的長信，我也回了一封信給她。這封信全文發表在某報的文藝欄。

——孃孃，今早收到您的長信。感謝您關心我的健康狀況，以及未來的生活。不過，最近我對未來生活，完全不做計畫了。這並非虛無，也不是放棄。若對未來做出奇怪的展望，該往右還是該往左，放在天秤上慎重調查，反而會遭致悲慘的挫敗吧。

那個人也說，不要為明天憂慮。早上醒來，充分地好好活這一天，最近我只留心這件事。現在我不說謊了，讀書也逐漸不是為了虛榮與算計。以前老愛仰賴明天、敷衍當下，現在也不會了。只是一天一天，非常珍惜地過日子。

這絕非虛無。對現在的我而言，一天一天的努力，就是整個生涯的努力。我想戰地的人，可能也是同樣的心情。孃孃也請別再囤積物品。因為懷疑而失敗，是最醜陋的生存方式。我們相信，匹夫不可奪其志。請別報以苦笑。唯有天真無邪相信的人，才能獲得平靜。我不會放棄文學。我相信會成功。請您放心。

最近，我早上一定刮鬍子。牙齒也刷得很乾淨。腳趾甲和手指甲也修剪得很整齊。每天洗澡，洗頭髮，耳朵經常清理。鼻毛也沒多長一分。眼睛有些疲累，會點一滴眼藥水，保持滋潤。

我用純白的棉布，從腹部裹到胸部，無論何時都是純白。內褲也是純白的平織棉布，連內褲也是，無論何時都是純白。然後夜晚，一個人睡在純白的床單上。

書房裡，總是插著當季盛開的花朵。今早，我將水仙花插在壁龕的花瓶裡。啊，日本真是個好國家。即使沒有麵包，酒也不足，但唯獨花朵，唯獨花朵，無論哪家花店，都開了好多好多花，紅、黃、白、紫，爭奇鬥豔。這種美，足以讓日本向世界誇耀！

最近，我不再穿破棉襖。一早起床就穿上潔淨無垢、條紋鮮明的和服，確實繫上角帶。即使去鄰近的朋友家，我也一定盛裝前往，懷裡也一定放著剛洗好、確實折成四角形的手帕。

最近不知為何，我很喜歡穿繡有家徽的和服外出。

今早，買花回來的途中，看到三鷹車站的廣場，有古風的馬車在候客，有一種明治鹿鳴館的氛圍。我不禁發思古之幽情，趨前詢問馬車夫。

「請問，這輛馬車是要去哪裡嗎？」

「哪裡都去啊。」年老的馬車夫和藹地回答：「這是計程車喲。」

「可以去銀座嗎?」

「銀座很遠喔。」他笑說:「搭電車去吧。」

我想搭這輛馬車去銀座八丁逛逛。我想穿著鶴丸(我家的家徽是鶴丸)的家徽和服、仙台平[3]的裙褲、白足袋,以這身打扮悠哉坐著這輛馬車去逛銀座八丁。啊,最近我每天都以新郎的心態在過日子。

(本文寫於一九四一年十二月八日。這天早上聽到日本和英美正式開戰的報導。)

3 日本宮城縣仙台市所做的絹織品,尤以裙褲最為知名,被指定為重要無形文化財。

散華

我原想以「玉碎」為題寫這篇小說，但在稿紙上寫下「玉碎」二字後，覺得這句話太美了，用來當我笨拙小說的篇名委實可惜，於是刪掉「玉碎」，改題「散華」[1]。

今年，我和兩位朋友永別。三井死於早春；接下來是五月，三田玉碎於北方孤島。三井與三田都才二十六、七歲。

三井很愛寫小說，每當寫完一篇便興高采烈跑來我家，進來時總把玄關門拉得咔啦咔啦作響。但也僅限於帶作品來時，才會把門拉得咔啦咔啦作響。沒帶作品

1 散華即散花，撒花之意，亦為戰死、光榮犧牲。

時，總是靜靜地拉開玄關門進來。所以每當三井把我家的門拉得咔啦咔啦作響時，我便知道他又完成一篇小說了。三井的小說有種清澈之美，但整體顯得鬆散，並不是很好，像是少了骨架的小說。儘管如此，三井也愈來愈進步，但我總是嫌東嫌西，至死都沒誇獎過他。他的肺不太好，但不太跟我說他的病情。

「你有沒有聞到什麼味道？」有一天，他忽然問我：「我的身體很臭吧？」

那天，三井進我的房間時，我就聞到臭味。

「沒有，一點都不臭。」

「真的嗎？你沒聞到嗎？」

我不敢說，你真的很臭。

「因為兩、三天前，我開始吃大蒜。要是太臭，我就回去。」

「不，一點也不臭。」那時我明白了，他的身子已相當虛弱。

於是我拜託三井的好友，請他對三井說，你要好好照顧身體啦，反正現在又不能馬上寫出好作品，先把身體養好，到時候要寫小說還是什麼，都能隨心所欲做你喜歡的事。三井的好友，也把我的話如實告訴三井，從那之後，三井便不來我家了。

不來我家之後，過了三、四個月，三井死了。我是從三井好友捎來的明信片，得知他的死訊。在這種時代，身體不好不能當兵，最後死在病床的年輕人真的很可憐。後來我聽三井的好友說，三井似乎不想把病治好。三井家人口單薄，只有他和母親相依為命，即便病情已經很差，他也會趁母親不注意時，從病床溜出去，在巷子裡散步，吃紅豆湯圓，常常很晚才回家。母親雖然憂心忡忡，但內心一角也總覺得，三井能這樣精神奕奕、蠻不在乎地出門，情況應該還好吧。到死前兩、三天，三井都還這樣輕鬆出去散步。三井的臨終之美，真是無與倫比。我不太想用「美」這種不負責任又帶點敷衍搪塞的花言巧語，但無可奈何，那真的就是「美」。那時三井躺在床上，靜靜地和在枕邊做針線活的母親閒話家常，忽然不說話了。就只是這樣。在清朗的晴天，完全無風的和煦春日，櫻花也會禁不起自己的重量，宛如溢出般地飄落，呈現出小規模的花吹雪。桌上插在杯子裡的大朵玫瑰，深夜也會如碎裂般地散落。這不是風造成的，是自己散落。與天地的嘆息一起散落。碰到飛天之神的白絹衣襬而散落。我認為三井是神明非常疼愛的寵兒，擁有我這種人難以理解的高貴品格。我認為人類至高的榮冠，是美麗的臨終。小說寫得好不好，根本不是問題。

還有一個人，也是我的年少友人，三田循司。他於今年五月，出類拔萃地美麗玉碎了。三田的死，連「散華」這個詞都顯得褪色。他是在北方一個孤島完美地玉碎，成了護國之神。

記得三田第一次來我家，好像是一九四〇年的晚秋。那晚，他和戶石兩人，好像是第一次來我三鷹的陋屋。雖然問問戶石會更清楚，但戶石也去當了不起的軍人，前陣子他捎了一封信給我：

我在野外營地得知三田的消息，難過得說不出話來。尤其在開滿桔梗花與黃花龍芽草的原野上倍覺落寞。因為那個死法太有三田風格了。現在暫時無法見您，身為三田的好友，我也得做出不愧於三田的成就才能見您。

從他信中所言的狀況看來，現在也無法立即問他。

他們第一次來我家時，兩人都是東京帝大國文系的學生。三田出身於岩手縣花卷町，戶石則是仙台，兩人都畢業於第二高等學校。因為是四年前的往事，我的記憶也不太清楚了，只記得那是晚秋（或許是初冬也說不定）的一個夜晚，兩人一起來到我三鷹的陋屋，戶石穿絣織和服與毛料裙褲，三田則穿學生服。我們圍著桌子而坐，我記得三田坐在我的左邊。

那晚談了什麼呢？好像是戶石天真地問了浪漫主義、新體制之類的事。那晚主要是我和戶石在交談，三田在一旁微笑地聆聽，時而輕輕點頭。從他點頭的方式看來，似乎可以很敏感地抓到我的談話重點，因此雖然我對著戶石說話，也注意到左邊的三田。這不是哪一個比較好的問題，人通常可以分為這兩種類型。兩人連袂來我家，一個活躍地不斷問蠢問題，縱使被我訕笑也露出愉快感激的模樣，但對我的答辯卻不用心聽，只是一味地努力不讓席間冷場；另一個則坐在稍微昏暗之處，默默聆聽我說話。雖說其中一人不斷地問蠢問題，但此人並非是笨蛋所以如此，戶石非常清楚自己的提問很普通，也明白自己的窘態。發問原本就多是蠢問題，但有些人會殺氣騰騰衝去前輩家，為了讓前輩狼狽難堪而問一些聰明尖銳的問題，這種傢伙才是真正的笨蛋或神經病，裝模作樣得令人反胃。問蠢問題的人，有覺悟為席間的氣氛犧牲，所以問了愚蠢問題還會露出開心感激的模樣。這是一種可敬犧牲心態的流露。兩人連袂而來，通常有一個會自動當炒熱席間氣氛的犧牲者。而這種犧牲者，很奇妙地，一定坐在上座，然後也一定是美男子，也有會把扇子插在裙褲後方腰際的人。當然，戶石並沒有把扇子插在裙褲後方腰際，不過依然是個開朗的美男子，這點並無例外。戶石曾感慨萬千地向我述懷：

「其實臉蛋長得美，也是一種不幸啊。」

我不禁噴笑，心想這個人也太誇張。戶石是劍道三段，身高五尺八寸五分。我原本暗自同情他過大的身軀，擔心他入伍後沒有合身的軍服可穿，在各方面引人側目而遭到嘲笑揶揄，恐怕會比別人更加辛苦。但戶石捎來的信說：「隊上有兩、三個比我高的同袍。可是我發現只有五尺八寸五分才是矯健苗條的身材。」

意思是說，他毫無疑問地深信自己是五尺八寸五分的身材矯健苗條者，堪稱春風得意。他甚至曾說：

「我的臉也有缺點喔。只是別人可能沒察覺到。」

總之他就是個能炒熱氣氛，帶來歡笑的人。

我不知道戶石是否真的打從心底自戀。也許他一點也不自戀，只是為了炒熱氣氛而發揮犧牲精神，扮演小丑角色吧。東北人的幽默，總之就是蠢。

與如此活潑可愛討喜的戶石相比，三田就顯得樸素低調。那時的文科學生大多留長髮，但三田打從一開始便理光頭，戴眼鏡。我記得好像是鐵框的眼鏡。頭很大，額頭突出，雙眼炯炯有神，亦即俗稱的「哲學家風貌」。他不太主動說什麼，但很快便能理解別人說的話。他常和戶石一起來，但也曾獨自冒著大雨前來，此外也曾和其他第二高等學校畢業的帝大學生一起造訪。我們經常去三鷹車站前的黑輪店或壽司店喝酒，三田喝了酒依然話不多，最會耍寶搞笑的還是戶石。

但戶石似乎有點怕三田。據說兩人獨處時，三田結結巴巴地指摘戶石精神鬆散，要他正經點。即便是劍道三段的戶石也大感吃不消，因而找我訴苦：

「因為三田是這樣正經八百的人，我實在拿他沒轍。他說的話每一句都很對，搞得我都不知道怎麼辦才好。」

將近六尺的男子漢，說得都快哭出來了。我有個壞毛病，無論理由為何，我都會站在弱勢那邊。因此有一天，我對三田說：

「雖然人必須正經才行，但嘻皮笑臉的人不見得不正經喔。」

敏感的三田，似乎立刻洞悉一切。之後就很少來找我。後來他身體不好住院了，我再三接到他這樣的明信片：

「我很痛苦。請給我一些激勵的話。」

可是我這個人的個性，碰到直接向我要「激勵的話」，我總害羞得不知該說什麼，那時也無法回以任何「金玉名言」，只能寫些稍微溫暖的話。

三田康復出院後，到他租屋處附近的山岸先生[2]家，積極學作詩。山岸先生是我們的前輩，也是篤實的文學家，他不僅指導三田，還以誠意指導其他四、五位學生學習作詩與小說。在山岸先生的教導下，已有兩、三位年輕詩人出版傑出的詩集，受到社會有識之士的推崇。

「三田的情況如何？」那時，我曾問過山岸先生。

山岸先生思索了片刻，如此回答：

「很不錯，或許是最好的。」

我尷尬震驚，霎時面紅耳赤。我真是有眼不識三田的才華。因為我是個俗人，不懂詩的世界吧。三田離開我去山岸先生那邊，對他也許是件好事。

以前三田還來我家時，也曾給我看過他兩、三篇作品，但我都覺得不怎麼樣。戸石也曾非常感動地說：

「三田這次的詩是傑作喲！請務必好好讀一讀。」

興奮得猶如自己寫出了傑作，但我不覺得有多好。當然絕非低俗的詩，也絲毫沒有下流的氛圍。不過，我就是不滿意。

當時我沒有誇讚他。

但是，也許是我不懂詩吧。聽到山岸先生評為「很不錯」，我很想讀讀三田後來寫的詩。或許他在山岸先生的指導下，寫得很好了。

2 山岸外史（1904-1977），曾與太宰治和檀一雄等人創建文藝雜誌《青花》。太宰治在短篇小說〈東京八景〉也談到與山岸外史的友誼。

但我還來不及看到三田的新作，他大學畢業便立刻出征了。

現在我手邊有四封三田出征後寫來的信。應該還有兩、三封才對，但我沒有保存別人信件的習慣，可以在抽屜裡找到這四封，我都覺得不可思議。其他兩、三封可能永遠不見了，只能死心。

太宰先生，您好嗎？
我什麼都想不起來。
無心地漂流，
然後，
軍人一年級。
暫時，
「詩」，
在腦海裡，
動彈不得。

東京的天空好嗎？

這是四封信裡的第一封。此時，三田好像還在新訓中心受訓。這是一封青澀徬徨，猶如在撒嬌的信。率直無比的柔軟心情過於外顯，看得我心驚膽跳。他不是山岸先生掛保證「最好」的人嗎？但我有些不滿，總覺得應該可以更好。我與年少朋友交往時，不會顧慮他們的年齡。因為年少之故，所以要我體諒、多加疼愛，這我做不來。我沒有餘裕疼愛他們。我希望能不分年少年長，尊敬每一個朋友。我希望以尊敬之念交往。所以面對年少友人，我也會毫不留情地說出我的不滿。或許是粗野的鄉下人肚量狹窄吧。我無法欣賞三田這種稚嫩的信。過了一陣子，又來一封信。這封也是從新訓中心寄來的。

拜啟。

久疏問候。

您過得如何呢？

我幾乎可說，
一無所有。
有種想哭的衝動，
但是，
我仍帶著信心努力。

這和前一封相比，苦悶沉潛了，有種充實感。我回了聲援信給三田。但我還不認為三田是日本一等一的男兒。過了不久，收到一封他從函館發出的信。

太宰先生，您好嗎？
我很好。
還得更加更加，
努力才行。
請保重身體。

祈願您奮鬥不懈。

其餘，空白。

如此抄完這封信，我不由得嘆了一口氣。真是一封令人心疼的信。「還得更加更加，努力才行。」這句話在說三田自己，但感覺也在說我，真令人難為情。「其餘空白」是在說他自己吧。「您好嗎？」我很好，但除了這個似乎也無事可說。若無純粹的衝動，一行也寫不出來，很清楚顯現出這種「詩人氣質」。

不過，我介紹以上三封信，絕非為了構思〈散華〉這篇小說。起初我的意圖只有一個，我想寫收到最後一封信時的感動。那是從派遣到北海的××部隊寄來的，收到信時，我根本不知道這支××部隊就是保衛阿圖島的可敬部隊，即便早已知道阿圖島也無法預感之後的玉碎[3]，因此得知這支××部隊的名稱，也沒有特

3 阿圖島戰役，阿圖島為阿留申群島一部分，是美國在二戰中唯一被日軍占領的舊有領土，一九四三年五月十二日起，美日雙方在阿圖島展開激烈戰役，日軍死亡超過九成九，稱為阿圖島玉碎。

別震驚。我只是深深被三田的明信片感動。

您好嗎？
從遙遠的天空問候您。
我平安抵達任務地點。
請為偉大的文學而死。
我也即將赴死，
為了這場戰爭。

三田說的「請死」，讓我非常尊敬、感動、欣慰。這是日本一等一的男兒才說得出的話。

那時，我以爽朗的心情向山岸先生說：「三田果然是不錯的傢伙，其實他也有很好的一面。」此刻，我打從心底，想為自己的無知向山岸先生道歉。以一種嶄新的心情，想和山岸先生握手。

雖說我不懂詩，卻也是日夜過著追尋真正文學的男人，與文盲截然不同。我自認多少懂點文學。山岸先生說三田「很不錯，或許是最好的」時，我雖然恥於自己的無知，但確實也曾側首不解地質疑：「真的嗎？」內心深處頑固地不以為然。我似乎有鄉巴佬頑固的一面，若不將證據清楚地攤在眼前，我很難相信別人。就如聖經裡的使徒多馬到最後都不肯相信基督復活。這真的很糟糕。使徒多馬說：「除非我親眼看見他手上的釘痕，並用我的手指探入釘痕，用我的手摸他的肋旁，否則我絕對不信。」這種頑固，確實令人束手無策。我也有和善天真的一面，應該不至於像多馬那樣冥頑不靈，可是一個不留神，年紀大了也有可能變成刻薄無情的老頭子。當時我無法由衷地、全盤相信山岸的判定，內心某個角落依然質疑：「真的嗎？」

但收到這封「請死」的信，我的心房霎時全被打開了，感到一陣涼風倏地吹過心頭。

我很高興，覺得他說得真好。這是非常傑出的話語。我經常收到許多奔赴戰地的朋友，捎來各種令人感激的信，但能如此毫不遲疑自然地說出「請死」的，唯有三田一人。這是很難說出口的話。但三田卻能說得如此自然，這表示三田已擁有一流詩人的資格。我向來尊敬詩人。純粹的詩人，是超越人類的存在，我一直深信他們是天使。因此我對世間的詩人有很大的期待，卻也經常失望。因為有很多人明明不是天使，卻裝模作樣自稱詩人。但三田並非如此。我相信山岸先生所言，三田確實是「最好的詩人」之一。至於三田為何寫出這封如此美麗的信，我到了後來才知道原因。總之我現在由衷臣服山岸先生的看法，開心得不得了。

「三田很棒，確實很棒。」我帶著只有我明白的和解心情，對山岸先生說。這世上的喜悅，能勝過和解的大概不多。我與山岸先生一樣，相信三田是「最好的」，對三田今後的詩作也抱著很大的期待，但三田的作品卻以另一種方式，完美地完成了。那就是在阿圖島的玉碎。

您好嗎？
從遙遠的天空問候您。
我平安抵達任務地點。

請為偉大的文學而死。
我也即將赴死，
為了這場戰爭。

我試著再度抄寫三田這封信。從信中看出，他可能抵達目的地第一步，便有了赴死的覺悟。不是為了自己而死，而是為了崇高的犧牲覺悟。抱著如此嚴肅決心的人，不會說些似是而非的歪理，也不會發表激烈的言論，通常是像這樣開朗而單純。正因如此才能寫出，讓人覺得底層蘊含著非比尋常嚴肅決心的文章。我一再一再反覆閱讀之際，益發覺得這封三田的短信是最美的詩。即便沒有聽到阿圖島玉碎的消息，光是這封短信，我就由衷尊敬這位年少友人。將純粹的犧牲當作世間最美的事來努力，在這件事情上，無論士兵、詩人，抑或我這種巷弄作家，都沒有不同之處吧。

今年五月底，我從收音機聽到阿圖島玉碎的消息，當時萬萬沒想到三田也是玉碎之神的一尊。我們連三田在那裡作戰都不知道。

然後到了八月底，報紙刊出阿圖島玉碎的兩千多尊神的名字，我照著名字的順序逐一細看，終於發現三田循司這個名字。我絕對不是在找三田的名字。只是不知為何，我非常仔細地看這張報紙。然後看到「三田循司」，心中一驚，但同時也覺得這是非常自然的事。我甚至覺得，我好像打從一開始就在找這個名字。我把三田的死訊告訴內人，內人一臉驚愕難以置信，但我對此事了然於心：「果然是這樣啊。」

縱使如此，這天我的心情也難以平靜，寫了明信片給山岸先生。

「剛才我從報紙得知，三田是阿圖島玉碎之神的一尊。為了悼念三田，若您有什麼好計畫，請通知我。」我記得內容大概是這樣。

過了兩、三天，收到山岸先生的回信。內容大致是，他也是看那天的報紙，才得知三田在阿圖島玉碎，他計畫整理三田的遺稿出版，日後想跟我談談這件事。此外信裡還提到，他想把遺稿集命名為《北極星》，因為某夜他和三田談過北極星，他想就這件事寫點東西。

過了不久，山岸先生帶了一位眼睛很大、個子很高的年輕人來我的三鷹陋屋。

「這位是三田的弟弟。」在山岸先生的介紹下，他向我們打招呼。

果然很像。尤其那怯弱的微笑，和他哥哥一模一樣。

我收下三田他弟弟送的伴手禮，一雙用整塊梧桐刻的新木屐，以及一籃蘋果。

山岸先生在一旁說明：

「他也送了我一雙用整塊梧桐刻的新木屐與一籃蘋果。蘋果還有點酸，放個兩、三天再吃比較好。木屐是我和你成對的，各一雙。這是令人愉悅的伴手禮吧。」

弟弟這次來，除了談遺稿集的事，也想和我們徹夜聊他哥哥的事，前一天便從岩手縣的花卷來到東京。三個人便一同在我家談論遺稿集的事。

「詩要全部收錄嗎？」我問山岸先生。

「是啊，我是這麼打算。」

「不過初期的詩，好像不太好。」我依然有所執著。真是鄉巴佬的頑固，以後會變成刻薄無情的老頭子。

「你怎麼說這種話。」山岸先生苦笑，然後立即聰穎地洞悉了：「看來我不能比太宰早死啊，否則他不曉得會怎麼說我呢。」

我希望開卷第一頁，能以較大的字體，印上三田那封信。其他的詩，用小字也無妨。我就是如此喜歡那封信的字字句句。

您好嗎？
從遙遠的天空問候您。
我平安抵達任務地點。
請為偉大的文學而死。
我也即將赴死，
為了這場戰爭。

解說

如果還不想死，就應該好好活下去——讀太宰治《小說燈籠》

太宰治一生共自殺五次。四次在二十八歲之前，最後一次則是三十九歲，當中相隔十一年。

一九三七年，太宰治二十八歲，因妻子出軌，第四度自殺未遂，同年盧溝橋事變爆發，中日開戰。與妻子分開後，在前輩的協助下搬離舊居，也在前輩的介紹下，結識第二任妻子，隨後成家，生活漸上軌道，開始不斷寫稿賺錢養家活口（雖然感覺不是很甘願）。隨著日軍戰況節節敗退，平民的生活越來越艱苦，太宰治一家也常被配給、空襲等問題困擾，但太宰卻能夠將這些戰時生活的甘苦反映在創作上，成為他人生中作品質量最高、也最穩定的時期。

《小說燈籠》十六個短篇，是太宰治於一九四〇至一九四四年完成的作品，時間雖橫跨五年，但大致可分為兩類：⑴以日常生活為基礎，但戰爭的背景較明顯，⑵同樣是日常生活瑣事，但更著重於作者本身的困境。

太宰的作品中，直接歌頌軍國主義的文章較少，也不曾強硬表達對戰爭的立場，但對戰時平民的生活卻多有著墨，並藉此點出平民身處戰爭之中，難以言述的潛在無助感。如以日軍偷襲珍珠港日期為題，從日本主婦角度書寫的〈十二月八日〉：

「日本真的不要緊嗎？」

「就是不要緊才打的，一定會贏。」

……我在廚房收拾時也想了很多。難道只是眼睛、頭髮的顏色不同，就嚴重到興起敵愾之心？……今後我們的家庭也會面臨物資嚴重匱乏，遭逢許多苦難吧。但請不用擔心，我們無所謂。我們不會有任何怨言，也不後悔生在如此艱辛的時勢，反倒認為生在此時更有生存價值。

最後，酒醉的丈夫更說出「你們沒信仰，才會覺得這種夜路很難走。我有信仰，所以走夜路就跟大白天一樣」如此充滿隱喻的話語，暗諷戰爭的狂熱、虛無、不可解，使得整篇小說看似堅定，卻充滿質疑。此外，太宰也寫在戰爭陰影下努力生活著的人們，像〈雪夜的故事〉中，為了讓懷孕的嬏嬏看美麗的事物，想把雪景複製在眼睛裡帶回去的純真小孩；或是〈東京來信〉裡，那位在奉獻天皇的勞動中，顯得與眾不同的勞動少女。面對戰爭，太宰治不妄做評判，只是以小說形式刻劃人物，敘述事件，於其中深藏對戰爭的懷疑與抗拒，拼湊出日本戰時庶民生活的面貌。

在太宰治的小說技法中，常見一種以極其笨拙的角度，創造可笑絕望感的喃喃自語（碎碎念），讀來令人拍案叫絕（或想翻白眼），並且也藉此自我「吐槽」，達到情節推展與塑造作品氛圍等目的。開篇的〈小說燈籠〉即是如此。本篇以五個兄弟姊妹接力寫小說為主軸，但一開頭五人出場時的人物設定就已精彩萬分：(1)和弟妹一起看電影，說著這部電影很爛但卻第一個感動到哭出來，被弟妹當成笨蛋的長男。⑵多愁善感，辦公室戀情被甩後覺得罹患重病，但去醫院檢查發現自己其實強壯得要死的長女。⑶生性吝嗇，大哥被詐騙購物後極度憤怒；還因過分批評當前文壇，遭報應而發高燒的次男。⑷會在深夜裸體照鏡子的自戀狂次女。⑸買了英日對照的柯南道爾，卻只看日文部分的么弟。五人截然不同的思考方式及文風，導致小說超展開不斷，再加上媽媽、爺爺、奶奶等適時給故事帶來溫暖轉折的角色，讓我讀完後覺得這小說沒被改編成日劇實在太可惜了。

再來看看本書最時尚的〈漫談服裝〉。太宰自稱是個對服裝很講究的人，但卻總是被人嫌奇怪：「我在高一就已察覺到時尚流行的無常，後來自暴自棄，對於穿衣也不再挑三揀四，手邊有什麼就湊合著穿，卻成為朋友批評的對象」，他想要毛料和服，卻覺得衣服不該自己買，某天妻子在倉庫發現一件放了十年的紅色毛料和服，他明明不想穿，卻又陰錯陽差穿著它出門和朋友去酒館，後來還讓自己陷入了史上最尷尬的場面。

「我相信，這一切都是紅色衣服的錯。」

對衣著的煩惱正代表太宰治極為在意他人的眼光，而那些他認為是穿著導致的壞結果，其實都是他本身的個性使然，使他在關鍵時刻做出錯誤的決定，讓事物往壞的方向發展。

又如〈誰〉這一篇，太宰因為被學生說成是撒旦非常生氣，開始認真查詢撒旦的資料，發現撒旦是掌管世界的君主，擁有權威與榮華時，居然鬆了一口氣：「我才不是撒旦。這麼說很奇怪，我沒有撒旦那麼偉大……連三鷹的髒兮兮黑輪店都瞧不起我，豈止沒有權威，還被黑輪店的女服務生罵得手足無措。我不是撒旦那種大人物」。雖然只是為了擺脫惡魔之名，但我們卻能夠從這樣詭異的自我追尋中，看見他的本性，不過很可惜，最後他仍無法逃脫，因為在此篇故事的結尾，他又做錯事了。

如此愚蠢、誇張的情節，勾勒出太宰治失敗者的面貌，前半生那些悲慘的經歷，構成了他的人格，永遠與他融為一體，揮之不去，並出現在他的所有作品之中。這或許也是他日後寫出《人間失格》，並且再次自殺的原因。然而，寫出《小說燈籠》時的太宰治並不想死（或者說，沒那麼想死）——

「日子只能一天一天好好地過，別無他法。別煩惱明天的事。明天的煩惱明天再煩。我想開心、努力、溫柔待人地過完今天一天。」

那時的他仍在努力，希望自己能繼續寫出如同〈新郎〉開頭般動人的語句，並藉此提醒讀者，甚至提醒當時的自己：無論如何，如果還不想死，就應該好好地活下去。

鄭哲涵

小說燈籠
ろまん燈籠

作　　者　太宰治
譯　　者　陳系美
主　　編　林玟萱

總 編 輯　李映慧
執 行 長　陳旭華（ymal@ms14.hinet.net）

社　　長　郭重興
發行人兼出版總監　曾大福
出　　版　大牌出版／遠足文化事業股份有限公司
發　　行　遠足文化事業股份有限公司
地　　址　23141 新北市新店區民權路 108-2 號 9 樓
電　　話　+886- 2- 2218- 1417
傳　　真　+886- 2- 8667- 1851

印務經理　黃禮賢
封面設計　朱疋
印　　製　成陽印刷股份有限公司
法律顧問　華洋法律事務所　蘇文生律師

定　　價　360 元
初　　版　2016 年 3 月
三　　版　2021 年 1 月

國家圖書館出版品預行編目資料

小說燈籠 / 太宰治 著 ; 陳系美 譯 . -- 三版 . -- 新北市 : 大牌出版 ,
遠足文化事業股份有限公司發行 , 2021.01
面 ;　公分
譯自 : ろまん燈籠
ISBN 978-986-5511-50-0 (平裝)

861.57　　109017802